L'APPEL DU DRAGON

Marqué par le Dragon Livre 3

ÉGALEMENT PAR
RICHARD FIERCE

CHEVAUCHEURS DE DRAGONS
D'OSNEN

Le Prix de L'Honneur
Épreuves par Sorcellerie
Une union par les Flammes
L'appel du guerrier
La Pièce des Âmes
Ailes de Terreur
Yeux de Pierre
Crocs et Griffes
La Servante des Âmes
Fumée et Ombre
Le Cavalier Sombre
Le Chant des Ossements
Épée et Couronne
Marées des Ténèbres
Colère et Ruine
Tombeau des Serments

L'APPEL DU DRAGON

Marqué par le Dragon Livre 3

RICHARD FIERCE

Dragonfire Press

1

Lorsque Mina arriva dans la cité souterraine que Copper appelait sa maison, la première chose qu'elle remarqua fut la chaleur. Située au cœur des Longs Sables, elle était trempée de sueur au moment où ils atterrirent. Quelques dragons volaient au-dessus, tournoyant en cercles paresseux.

Que font-ils ?

Ce sont des éclaireurs, répondit Copper. *Ils guettent les vers des sables.*

Elle repensa à celui qu'elle avait vu auparavant et frissonna à ce souvenir.

Tu es en sécurité ici. Même si l'un d'eux passait les éclaireurs, il ferait face à une armée des nôtres.

Et si plusieurs venaient ?

Ils ne sont pas assez intelligents pour s'allier.

Sa réponse lui apporta un certain soulagement. C'était une chose dont elle n'avait pas à s'inquiéter. Elle glissa du dos de Copper et gémit. Son postérieur était douloureux, tout comme son dos et ses jambes, et ses doigts étaient crispés. Elle les étira en serrant et desserrant les poings, essayant de chasser la raideur.

Beaucoup de dragons ici n'ont pas vu d'humain depuis des siècles. Je m'attends à ce que tu ne reçoives pas un accueil chaleureux.

Vont-ils essayer de me faire du mal ?

Non. Et s'ils le faisaient, je ne le permettrais pas. Tu es liée à moi, et c'est mon devoir de te protéger.

Même contre les tiens ?

Oui.

Mina espérait, pour leur bien à tous les deux, que ça n'en arriverait pas là.

Suis-moi, dit Copper. *Tu pourras te reposer dans ma chambre.*

Le dragon s'engouffra dans l'entrée en pente semblable à une grotte, et Mina le suivit. D'épaisses parois de verre formaient les murs et le plafond, et une lumière artificielle scintillait à l'intérieur, éclairant leur chemin alors qu'ils perdaient la lumière du soleil derrière eux.

D'où vient tout ce verre ? demanda Mina.

Nous l'avons fabriqué.

Avec de la magie ?

Copper rit à cette question. *Avec nos flammes. Le sable se transforme en verre sous une chaleur extrême.*

Vraiment ? Je ne savais pas ça. Elle fit une pause. *Pourquoi avez-vous utilisé du verre ?*

Le sable seul est fragile. Nous n'aurions pas pu y creuser des tunnels sans quelque chose pour l'empêcher de s'effondrer. Nous, les dragons, aimons voir nos reflets, donc le verre était le choix logique.

Mina fixa le mur à sa droite et observa leurs silhouettes qui défilaient à côté d'eux. Lord Klodian avait des miroirs et des fenêtres ornés, mais ils n'étaient rien en comparaison. Plus ils s'enfonçaient, plus l'air devenait frais. Quand ils atteignirent la chambre de Copper, elle ne transpirait plus.

À l'intérieur, un énorme bassin d'eau cristalline attira son attention. Elle ne désirait rien de plus que de s'y baigner et de laver la crasse de son corps.

Vas-y, l'encouragea Copper. *Je dois aller parler aux anciens.*

Tu veux que je reste ici, seule ?

Tu seras en sécurité tant que tu ne t'aventures pas hors de ma chambre. Jusqu'à ce que certaines choses soient décidées, tu dois rester ici.

Cela ressemblait à une situation de prisonnière, et Mina n'aimait pas ça. Que pouvait-elle faire, cependant ? Elle était une humaine sans défense entourée de dragons.

Combien de temps seras-tu parti ? demanda-t-elle.

Pas longtemps. Lave-toi, et quand je reviendrai, je t'enseignerai certaines choses que tu devras savoir avant de te présenter devant les anciens.

Quel genre de choses ?

Ne t'inquiète pas de ça maintenant. Vas-y.

Mina s'approcha du bord de l'eau et regarda par-dessus son épaule, apercevant la queue de Copper qui disparaissait. Elle se demanda comment elle pouvait être en sécurité alors que la chambre n'avait pas de porte, mais elle chassa cette pensée. Si Copper disait qu'il la protégerait, alors elle devait le croire. Elle se déshabilla et jeta ses vêtements dans le bassin, puis entra dans l'eau.

La température était fraîche, mais pas froide. Elle s'immergea jusqu'au cou et soupira, se sentant détendue. Ses vêtements flottaient à proximité, elle les attrapa et les essora, les posant au bord du bassin pour les faire sécher. Après s'être lavée de la sueur et de la saleté, elle sortit du bassin et se laissa sécher à l'air libre.

Il n'y avait rien pour réchauffer ses vêtements, et ils étaient encore humides quand Copper revint. Mina se cacha de sa vue en tenant les vêtements mouillés contre son corps. Il renifla en réponse.

Je me moque de ta nudité.

C'est bizarre de laisser quelqu'un me voir, que nous soyons de la même espèce ou non.

J'avais oublié à quel point les humains étaient sensibles. Ce n'est pas étonnant que vos vies soient si courtes.

Mina leva les yeux au ciel. *Je ne suis pas sensible. Je suis juste...*

Pudique ? demanda Copper.

Oui.

Il renifla à nouveau.

Peux-tu sécher mes vêtements ?

Bien sûr. Pose-les par terre.

Mina s'exécuta avec hésitation, puis se releva rapidement et tenta maladroitement de se couvrir avec ses bras. Copper l'ignora et ouvrit la gueule, enflammant les vêtements d'un souffle brûlant. Les yeux de Mina s'écarquillèrent de surprise.

Pourquoi as-tu fait ça ?

Tu n'as plus besoin de ces haillons. Tu es liée à un dragon, alors tu t'habilleras en conséquence. Ta nouvelle chambre est à côté de la mienne. Tu vois cette fente là-bas ?

Mina suivit son regard vers un endroit du mur de verre plus sombre que le reste.

C'est un passage qui relie nos chambres. Quand nous avons construit cet endroit, nous avons ajouté des pièces pour nos liés. Nous espérions que le sort lancé par les anciens finirait par s'estomper et que nous nous lierions à nouveau avec des humains. Cela ne s'est jamais produit, mais nous avons gardé les chambres quand même. C'est ta nouvelle maison si tu le souhaites.

— Et les anciens ? demanda Mina. Ils n'auront pas de problème avec ma présence ici ?

— Ça reste à voir, répondit Copper. Ils ont accepté d'entendre ta requête, alors habille-toi. Les vêtements là-bas devraient t'aller, mais fais-moi savoir s'ils ne te vont pas. Une fois que tu seras prête, je t'enseignerai à propos de l'Enclave.

— L'Enclave ?

— Va, ordonna Copper. Nous avons peu de temps avant que les anciens ne te convoquent.

Mina acquiesça et se précipita, embarrassée, vers le passage. Il ne faisait qu'environ deux mètres de long, et elle se retrouva ensuite dans un environnement plus familier. La pièce était décorée avec un mobilier humain. Il y avait un lit et une armoire, ainsi qu'un grand tapis et un mannequin portant une armure en cuir.

Elle s'approcha de l'armoire et ouvrit les portes doubles. Un pantalon noir et une chemise bleue attirèrent son attention, et elle les enfila rapidement. En jetant un coup d'œil dans le miroir, elle vit qu'elle avait l'air différente d'une certaine manière. Peut-être était-ce une illusion, ou peut-être pensait-elle seulement avoir l'air différente.

— Tu es prête ? demanda Copper.

— Oui.

Mina regarda le mannequin et se demanda si elle finirait par porter l'armure. Elle n'était pas une guerrière, mais cela ne signifiait pas qu'elle ne pouvait pas le devenir.

— Peux-tu m'apprendre à combattre ? demanda-t-elle.

— Peut-être. Si tu convaincs les anciens, ton potentiel sera illimité.

Le regard de Mina s'attarda un moment de plus sur l'armure, puis elle retourna dans la chambre de Copper. Elle allait faire tout ce qu'il fallait pour impressionner les anciens.

2

Il n'y avait rien.

Il n'était rien, juste une pensée éthérée flottant dans l'inconnu. Quelque chose d'indistinct flottait près de lui. En le fixant, cela devint plus clair, plus défini. C'étaient cinq lettres disposées selon un motif spécifique.

Caden.

Son nom, peut-être ? Oui, il y avait quelque chose qui sonnait juste au fond de son être. Il essaya de l'atteindre, mais il n'avait ni mains ni bras. Une voix prononça le nom, son nom, et il résonna tout autour de lui.

Viens à moi.

Les yeux de Caden s'ouvrirent brusquement et il prit une profonde inspiration. Il resta allongé là, confus. Que s'était-il passé ? Où avait-il été ? Le souvenir était déjà vague, et bientôt il disparut complètement. Il fixait le ciel, l'immensité bleue plus saisissante que dans son souvenir.

Lève-toi, et viens à moi.

La voix lui semblait familière, et pourtant il ne parvenait pas à la situer. Une sensation étrange, assurément. Caden s'assit et regarda autour de lui. Un champ noirci s'étendait dans toutes les directions. Il toucha la matière noire avec ses doigts et les examina.

De la cendre.

Lentement, les événements lui revinrent en mémoire. Il avait été assassiné. Ou du moins, ils avaient *essayé* de l'assassiner. Étrangement, il était toujours en vie. Un autre mystère. Il se leva sur des jambes tremblantes et se demanda combien de temps il était resté inconscient. La fumée qu'il avait respirée avait dû lui faire perdre connaissance. Non loin de là, il vit les corps de chevaux et de leurs cavaliers. Il n'avait pas besoin de les voir de près pour savoir que c'étaient des Runesmens. La cruauté et la malveillance de Lord D'Lance ne connaissaient pas de limites.

Il avait survécu, ce qui signifiait qu'il pouvait transmettre ce qu'il avait appris à Lord Culver. Une fois que le Haut Prince apprendrait la trahison de Lord D'Lance, il y aurait l'enfer à payer. Caden passa sa langue sur ses lèvres craquelées. Il avait besoin d'eau et de nourriture, dans cet ordre. D'un abri aussi, mais cela pouvait attendre. Il avait dormi à la belle étoile de nombreuses fois. Alors qu'il se tournait vers l'est, il sentit quelque chose qui le tirait.

Va vers le nord.

C'était encore cette voix. Caden se tourna vers le nord et regarda droit devant lui. S'il allait dans cette direction, cela signifiait retourner dans le domaine de Lord D'Lance. Il savait qu'il devrait probablement aller à l'est vers Lord Culver, mais la voix qui l'appelait était si puissante. Sa curiosité fut trop forte, et il traversa le champ, suivant l'attraction qu'il ressentait.

Il marcha pendant des heures, traversant des rivières et des champs ouverts, et naviguant à travers des paysages plus sombres dépourvus de vie. La voix le guidait tout du long. Ses vêtements devinrent sales, ses pieds se couvrirent d'ampoules, mais il continua d'avancer jusqu'à ce qu'il atteigne le pied d'une montagne déchiquetée. Des nuages s'étaient rassemblés au-dessus, annonçant la pluie. Un éclair zébra le ciel, suivi d'un grondement de tonnerre. Il était proche maintenant. La source de la voix était là-haut quelque part.

Caden commença à gravir la montagne.

Au début, c'était facile. Puis la pluie commença, tombant doucement ici et là jusqu'à devenir un déluge, le forçant à grimper à quatre pattes sur le terrain traître. L'eau rendait l'ascension plus périlleuse. La voix était plus forte ici, empreinte de puissance, et il se concentra dessus, ignorant la douleur dans ses muscles.

Ses vêtements trempés collaient à sa peau, gênants et inconfortables. Caden ne renonça pas. Il continua à grimper la face de la montagne jusqu'à atteindre un plateau. En se hissant dessus, il vit l'entrée sombre d'une grotte. Des piliers en ruine gravés de symboles bordaient l'entrée, montant silencieusement la garde.

Jetant un coup d'œil derrière lui, Caden réalisa à quel point il était monté haut. La base de la montagne était perdue loin en dessous, cachée par les nuages et la pluie. L'air était plus raréfié ici, et il faisait plus froid. Il frissonna et reporta son regard sur l'entrée, fixant l'obscurité d'encre.

Entre, ordonna la voix.

Comment pouvait-il refuser ? Il était venu si loin. Inexorablement, ses pieds le portèrent dans l'ombre. Une fois qu'il eut passé entre les piliers, l'obscurité lui déroba la vue et le força à tâtonner le long du mur avec ses mains. Les pierres étaient lisses, et Caden sut d'une manière ou d'une autre que ce n'était pas du tout une grotte naturelle, mais un tunnel construit par des mains mortelles.

Il le suivit à l'aveuglette pendant si longtemps qu'il crut qu'il serait à jamais perdu, mais la voix renforça sa détermination. Devant lui, il aperçut une faible lueur verte. Elle provenait de la mousse qui avait poussé le long des murs et sur le plafond. La lueur illuminait le chemin, et il marcha avec assurance.

Le tunnel déboucha sur une grande chambre circulaire. Les vestiges de ce que Caden supposait être un ancien temple étaient éparpillés dans la pièce. Il avait le vague sentiment d'avoir déjà vu cet endroit auparavant, mais il savait que ce n'était pas possible. Il n'était jamais venu sur cette montagne auparavant, n'avait jamais connu son existence jusqu'à ce que la voix l'y appelle.

Pourtant, cela lui semblait *familier* d'une certaine manière. Peut-être en avait-il rêvé.

Oui, pensa Caden. *J'ai été ici dans mes rêves.*

Il s'approcha de la structure en ruine et s'arrêta quand quelque chose bougea dans l'ombre. La peur s'insinua dans son esprit, et il saisit la poignée de son épée. Il ne pouvait pas mourir ici, pas comme ça. Seul. Oublié. La voix apaisa ces craintes.

Entre à l'intérieur.

Caden hésita un instant, puis franchit l'entrée béante. À en juger par les gonds sur le cadre, il était évident qu'il y avait eu autrefois une porte attachée. À l'intérieur, il y avait un autel avec un bol posé dessus. À en juger par l'apparence des lieux, un incendie avait ravagé l'endroit. Le sol était recouvert d'une épaisse couche de cendre grise, et les murs en ruine étaient noircis par la suie.

Derrière l'autel se trouvait une grande chaise qui lui rappelait un trône. Et derrière le trône, il aperçut deux yeux brillants. Le cœur de Caden s'emballa dans sa poitrine, mais à mesure que les secondes s'écoulaient et que rien ne se passait, il se calma. Il n'y avait rien à craindre. La voix le protégerait, tout comme elle l'avait fait durant son voyage jusqu'ici.

Auparavant, il n'y avait que la voix dans son esprit, mais maintenant, il y avait une présence. Elle se dressait dans l'ombre derrière le trône.

— Qui êtes-vous ? demanda Caden. Il garda sa main sur la poignée de sa lame.

Tu ne me reconnais pas ?

— Non.

L'humanité m'a oubliée, médita la voix. *J'étais vénérée par les hommes il y a longtemps. Une déesse parmi tant d'autres. J'étais là au commencement. Je possédais les cieux avant que les hommes ne marchent sur la terre, avant que leur avidité ne les pousse à me blesser. Tu ne me blesserais pas, n'est-ce pas ?*

Caden se demanda pourquoi quelqu'un voudrait lui faire du mal. Elle offrait réconfort et paix, assurait une protection là où rien d'autre ne le pouvait. Il eut alors une révélation. C'était elle qui l'avait maintenu au bord de la mort. Lord D'Lance l'avait trahi, mais elle l'avait sauvé.

— Je ne vous ferai jamais de mal, jura Caden.

C'est bien. Nous devons avoir confiance l'un en l'autre, toi et moi.

Les yeux derrière le trône clignèrent paresseusement.

Je suis las d'être forcé à rester ici. Il y a quelque chose que tu dois faire pour moi.

— Qu'est-ce que c'est ? Il ferait n'importe quoi pour elle.

L'homme qui m'a emprisonné est celui que tu appelles Lord D'Lance. C'est un homme malfaisant, un ennemi de tous ceux de mon espèce. Il y a une pièce dans son château où il accomplit ses sombres méfaits. En as-tu connaissance ?

— J'en ai bien peur que non, répondit Caden. Mais je la trouverai.

J'ai confiance que tu le feras. À l'intérieur de cette pièce, il devrait y avoir une pierre précieuse. Elle a été créée par Lord D'Lance pour me blesser et me garder ici dans ces ruines. Même maintenant, son pouvoir brûle mon être. J'ai besoin que tu la détruises.

— Je la détruirai, jura Caden, retirant sa main de la garde de son épée pour la placer sur sa poitrine. Et je tuerai Lord D'Lance.

Non ! siffla la voix. *Sa mort viendra de mes griffes quand je serai prête.*

— Tu peux me faire confiance. Je l'épargnerai pour toi.

Il essaiera de t'arrêter. Il dira beaucoup de choses pour te dissuader de suivre cette voie. Tu ne dois pas les croire.

— Je ne croirai pas ses mensonges, dit Caden.

Les yeux lumineux brillèrent de satisfaction.

Une fois que tu auras la pierre, je te dirai comment la détruire. Ce ne sera pas facile, mais le coût en vaudra la peine. Tu seras mon général, et je rassemblerai beaucoup de partisans à notre cause. Tu les dirigeras tous.

— Je n'en suis pas digne.

Je te rendrai digne.

Caden pouvait sentir son pouvoir pulser, s'étendre dans toute la chambre. Des ondulations dans l'air dérivèrent vers lui et il tendit la main pour les toucher. L'électricité effleura ses doigts, filtrant à travers son corps. Caden pouvait sentir la puissance brute couler en lui, et c'était exaltant.

Un tremblement secoua la montagne. Des roches détachées cliquetèrent sur le sol, se joignant aux piaillements des chauves-souris et autres créatures souterraines réveillées par la perturbation. La voix prononça un seul mot.

Va.

3

Redis-le-moi.

Mina ferma les yeux et essaya d'être patiente. Copper tentait de lui faire mémoriser une multitude de faits sur les anciens et les dragons, mais c'était trop d'informations à assimiler d'un coup.

Il y a sept anciens qui règnent sur le désert, et ils sont tous de couleurs métalliques.

Bien. Continue.

Tous les 100 ans, ils échangent leurs places avec un autre groupe d'anciens. Ils le font pour de nombreuses raisons, mais principalement pour éviter que les frères ne restent figés dans leurs habitudes. Chaque groupe d'anciens dirige différemment. Ils doivent tous être respectés car ils sont à la fois sages et puissants.

Copper la regarda avec des yeux plissés et hocha la tête. Lorsque tu te tiendras devant l'Enclave, que dois-tu te rappeler ?

Que je ne dois pas parler sans y être invitée, répondit Mina.

Et ?

Mina prit une profonde inspiration. Et je dois m'adresser aux anciens en les appelant Tiarna.

Je pense que tu es prête.

Je ne me sens pas prête.

Un mouvement près de l'entrée de la grotte attira l'attention de Mina. Un dragon d'argent regarda Copper et inclina la tête, puis repartit.

Nous n'avons plus de temps, dit Copper. Les anciens nous ont convoqués.

Tu seras là avec moi ?

Oui, mais je resterai silencieux. La requête est la tienne, donc tu dois parler pour toi-même.

Je ferai de mon mieux.

C'est tout ce qu'on peut demander. Viens.

Mina marcha derrière Copper tandis qu'il la guidait à travers les tunnels de verre, tournant et descendant plus profondément sous terre. Ils s'arrêtèrent devant deux immenses portes de verre, mais Mina ne pouvait rien voir de l'autre côté. Son reflet la fixait, et elle prit une profonde inspiration pour calmer son cœur qui battait la chamade.

Copper appuya le haut de sa tête contre l'une des portes et ferma les yeux. Quelques secondes passèrent, puis un grincement résonna sur les murs tandis que les portes s'ouvraient lentement. De l'autre côté du seuil se trouvait une caverne massive. Sept dragons les attendaient, tous aussi grands que Copper.

Il entra, mais Mina resta figée sur place. La peur des dragons l'avait envahie. Elle tremblait de façon incontrôlable, les yeux fixés sur un dragon d'argent assis devant elle. Le dragon lui rendit son regard sans ciller. C'était une femelle. Mina pouvait la percevoir à travers l'écaille. Le dragon sondait son esprit. Des centaines de souvenirs de son passé défilèrent devant ses yeux en quelques secondes.

La présence du dragon se retira de son esprit, emportant la peur avec elle.

Mina déglutit difficilement et entra dans la caverne, prenant place à côté de Copper. Tous les anciens l'observaient, et ils emplissaient la salle d'une vague chaotique d'odeurs, mais deux se démarquaient plus fortement : vanille et freesia.

Pourquoi vos émotions ont-elles des odeurs ?

Copper pencha la tête sur le côté, lui jetant un coup d'œil. Nous en parlerons plus tard.

Elle pouvait sentir son étonnement à travers l'écaille. Pourquoi était-il surpris ? Elle reporta son attention sur le dragon d'argent au centre. La plate-forme sur laquelle il reposait était plus haute que les autres, et Mina supposa qu'elle était la chef de l'Enclave.

Avance.

Mina fit timidement un pas devant Copper. Elle était tentée de baisser les yeux, mais elle se força à garder la tête haute. Elle pouvait sentir tous les dragons à travers l'écaille, leurs diverses présences uniques et distinctes les unes des autres.

Tiarna, salua-t-elle. Merci de m'honorer de cette audience.

Elle se sentait étrange de parler comme une noble, mais Copper avait insisté sur l'importance de ses mots. Elle s'inclina à la taille et garda la position, comptant jusqu'à trois dans sa tête avant de se redresser.

Cela fait longtemps qu'il n'y a pas eu de cavalier parmi nous, dit le dragon d'argent. J'espère que c'est une bonne chose.

Les autres dragons firent écho à leur accord, leurs voix tourbillonnant ensemble dans son esprit.

Ton lié me dit que tu voulais nous parler de quelque chose d'important ?

Oui, Tiarna.

Parle librement, cavalière.

Mina ne comprenait pas pourquoi le dragon l'appelait cavalière. Elle n'avait chevauché le dos de Copper qu'une seule fois, et ce n'était pas quelque chose qu'elle pensait refaire. Elle s'égarait, et elle le savait.

Copper m'a dit que vous alliez entrer en guerre contre Lord D'Lance. Je suis venue devant vous pour vous supplier de reconsidérer. Je sais qu'il a perverti le lien, forçant humains et dragons à s'unir en utilisant de la magie noire, mais de nombreuses vies seront perdues si vous prenez cette voie.

Les dragons restèrent silencieux, alors elle continua.

J'ai appris que nous étions autrefois alliés. Si c'est vrai, ne pensez-vous pas que la guerre est une punition trop sévère ? Les crimes d'un seul homme ne devraient pas peser sur les innocents.

Les dommages collatéraux sont toujours un problème en temps de guerre, admit le dragon. Pourtant, que voudrais-tu que nous fassions ? Il doit être arrêté. Non seulement il a corrompu le lien, mais il effectue également des expériences perverses avec des œufs de dragon.

Mina grimaça. Je ne savais pas cela. Quel genre d'expériences ?

Le dragon d'argent regarda Copper. Il baissa la tête, et ils échangèrent un regard entendu. Le dragon reporta son attention sur elle.

Il utilise sa magie pour manipuler les œufs, combinant leur force vitale avec celle des humains. Il se crée une armée de monstres.

Pourquoi ne me l'as-tu pas dit ? demanda Mina à Copper.

Cela aurait-il changé quelque chose ?

Elle supposait que non, mais elle n'aimait pas être prise au dépourvu.

— Je vous en prie, implora Mina auprès du dragon d'argent. J'ai peur que la guerre ne cause plus de problèmes qu'elle n'en résoudra. Si vous faites cela, nul ne peut prédire ce qui pourrait arriver. Les gens pourraient s'unir et traquer les dragons.

— Pensez-vous que c'est quelque chose de nouveau ? Ce n'est pas le cas. Les humains ont chassé notre espèce depuis des siècles. Vous-même avez été responsable de la mort de nombreux de mes frères.

La gorge de Mina se serra et son cœur sembla plonger dans son estomac.

— Vous avez raison, dit-elle. J'ai conduit la mort à la porte de nombreux dragons, mais j'étais naïve et je ne savais pas ce que je sais maintenant. Je ne peux pas revenir sur mes actions, mais j'espère pouvoir réparer d'une certaine manière les dégâts que j'ai causés.

— Nous verrons.

— Ne partez pas en guerre, supplia à nouveau Mina.

— Lord D'Lance doit être arrêté.

— Je l'arrêterai.

Son esprit devint silencieux. Les dragons gardaient leurs yeux fixés sur elle, mais leurs paroles et leurs émotions lui échappaient. Leurs visages étaient impassibles, dépourvus de tout signe révélateur qu'elle aurait pu déchiffrer. Le silence s'étira jusqu'à ce qu'elle crût être devenue sourde.

— Qu'est-ce qui vous fait penser que vous pouvez l'arrêter ? Des hommes puissants l'entourent, et sa magie est aussi sombre que la nuit. Êtes-vous une guerrière, pour lever une épée contre lui ? Non. J'ai vu vos souvenirs. Vous n'êtes pas une combattante.

— Alors j'apprendrai à en devenir une.

— Qui vous enseignera ?

— Je trouverai quelqu'un, dit Mina.

Le dragon grogna et regarda les autres anciens. Ils grognèrent entre eux, se parlant d'une manière que Mina ne comprenait pas. Finalement, le grondement cessa et le dragon d'argent la regarda.

— Nous retiendrons notre attaque. Vous aurez deux semaines pour apprendre à devenir une guerrière, puis vous devrez vous occuper de Lord D'Lance. Si vous échouez, alors nous aurons notre guerre.

— Et si je n'échoue pas ?

— Nous verrons.

4

Caden était assis au bord d'un ruisseau, les pieds nus dans l'eau. La température était glaciale et engourdissait sa peau, ce qui soulageait la douleur de ses ampoules. Maintenant qu'il avait mis de la distance entre lui et la source de la voix, toute la rencontre lui semblait un rêve. Sans la présence constante de la voix dans un coin de son esprit, il aurait cru que c'en *était* un.

Son estomac gargouilla, lui rappelant qu'il devait trouver de la nourriture. Il n'avait aucune idée du temps qu'il avait passé allongé dans le champ brûlé avant de reprendre conscience. Des heures ou des jours ? À en juger par le vide qu'il ressentait dans son estomac, il penchait pour la seconde option. Il était au cœur de la forêt, trouver du gibier serait donc facile. Le capturer, en revanche, serait le véritable défi.

25

L'odeur de quelque chose en train de cuire parvint à ses narines. Il retira ses pieds de l'eau et remit ses bottes. Il se leva, attacha son ceinturon, et tendit l'oreille. Au début, il n'entendit rien, et il pensa que l'odeur devait être le fruit de son imagination.

Puis il entendit des voix.

Caden posa la main sur la garde de son épée et se faufila lentement entre les arbres, suivant le son des conversations étouffées. L'eau gargouillait entre ses orteils, produisant un bruit de succion humide à chaque pas. Il ralentit son allure en contournant un épais bosquet.

Un groupe d'hommes était rassemblé autour d'un feu. Il en compta cinq, tous portant une armure et armés de diverses armes. Ils portaient également des capes à capuche, et Caden se demanda pourquoi ils les portaient avec cette chaleur. Ce n'était pas aussi chaud que le désert, mais porter une cape par ce temps était tout de même excessif.

En écoutant, il réalisa que les hommes étaient ceux de Lord D'Lance. Ils parlaient à voix basse, mais il distingua le nom de l'homme à plusieurs reprises. L'un d'eux s'occupait d'un animal qui cuisait au-dessus du feu. Son estomac grogna à nouveau, et l'odeur le tentait de les rejoindre. Il était peu probable qu'ils sachent qui il était, surtout qu'on le croyait mort, mais il ne pensait pas que cela valait le risque.

Caden se retourna pour partir et se retrouva encerclé par trois hommes. Du moins, leur stature laissait penser que c'étaient des hommes. Leurs visages prouvaient le contraire. Ils avaient de longs museaux comme des lézards, et leur chair était écailleuse. Caden cligna des yeux, pas sûr que ce qu'il voyait était réel. Celui qui était le plus proche de lui s'avança.

— Que faisss-tu ici ? Son ton était bas, presque un murmure.

— Je ne faisais que passer, répondit Caden. Il ne pouvait détacher son regard du visage de l'homme.

— Il ment, dit un autre.

— Un espion, renchérit le troisième.

— Tu vienss voir ce que notre maître a fait ? Tu voisss maintenant, n'essst-ce pas ?

Caden fit un pas en arrière, mais l'homme-lézard l'attrapa rapidement par le bras, le tirant vers lui. Caden essaya de se dégager, mais la poigne de l'homme était solide. Les deux autres se rapprochèrent et le maîtrisèrent, lui forçant les bras derrière le dos et lui liant les poignets.

— Arrête de te débattre, aboya celui qui semblait être le chef, en frappant Caden à l'estomac.

Le coup lui coupa le souffle, et il haleta, s'effondrant. Les hommes-lézards le saisirent par les bras et le soulevèrent, le portant jusqu'à l'endroit où se trouvaient les autres avant de le jeter au sol. Ils se mirent à parler entre eux dans une langue aux sonorités dures. Caden luttait pour respirer, temporairement ignoré tandis que ses ravisseurs discutaient. Finalement, celui qui l'avait frappé s'agenouilla à ses côtés et le regarda dans les yeux.

— On va te manger, dit-il.

— Vous ne pouvez pas, haleta Caden.

— Ssssi, on peut et on va le faire.

— Je suis l'un des Runistes de Lord D'Lance. Vous ne pouvez pas me manger.

L'homme-lézard fronça les sourcils et retourna Caden sur le ventre, ses mains griffues grattant son cou à la recherche de la rune. La créature émit un son qui ressemblait à un juron et se remit à parler avec ses compagnons. Un autre de ces êtres vint vérifier la rune lui-même, puis renifla.

— Deux runesss. C'essst un espion. On va le manger.

— Lord D'Lance vous punira sévèrement si vous me mangez, dit Caden. Il m'attend au château.

Les deux hommes-lézards échangèrent un regard, et pendant un moment, Caden s'accrocha à l'espoir qu'ils allaient le relâcher. Celui qui avait remarqué ses deux runes tira une dague de son fourreau et pressa la lame contre le cou de Caden.

— On le mange. Lord D'Lance n'en ssssaura rien.

Cela sembla exciter toute la bande, car ils se mirent à pousser des cris de joie. Caden maudit sa malchance, et au fond de lui, il trouvait leur existence difficile à croire. Ils ressemblaient à des créatures sorties d'un cauchemar, un mélange entre des lézards géants et des humains.

Un cor retentit, et les créatures dégainèrent leurs armes en regardant autour d'elles avec inquiétude. Caden adressa une prière silencieuse de remerciement, pensant qu'une patrouille les avait trouvés. Plusieurs silhouettes surgirent et le fracas des armes emplit l'air. Caden essaya de s'éloigner du combat en roulant, mais il ne réussit qu'à se retrouver coincé sur le dos.

Il observa les deux groupes se battre et réalisa que ses sauveurs n'étaient pas humains non plus. C'étaient les mêmes hommes-lézards que ses ravisseurs. Pourquoi se battaient-ils entre eux ? Était-il dans une situation encore plus périlleuse qu'auparavant ?

Les assaillants eurent vite fait de se débarrasser de ses ravisseurs, et les corps jonchaient le camp de fortune. Caden ferma les yeux et resta immobile, espérant que ces nouvelles créatures le croiraient mort. Il sentit l'une d'elles se tenir au-dessus de lui, et la curiosité le poussa à entrouvrir les yeux.

— Il est vivant, dit une voix grondante. Vous êtes en sécurité maintenant, mon Seigneur.

Caden était confus. La créature s'adressait-elle à lui ? Elle s'agenouilla et le retourna, détachant ses liens, puis le remit facilement sur ses pieds.

— Notre maître nous a dit que vous étiez en danger, dit la créature.

— De quoi parles-tu ?

— Du maître que nous servons tous les deux. Elle réside dans la montagne et vous a donné autorité sur ses forces. Nous sommes peu nombreux pour l'instant, mais nous grandissons chaque jour. Je suis Bast.

La voix. C'était à elle qu'il faisait référence. La créature parlait parfaitement, contrairement à celles qui l'avaient capturé.

— Merci de m'avoir aidé, Bast.

— C'est mon devoir et un honneur, mon Seigneur.

— Appelle-moi juste... Caden.

— Comme vous voudrez.

— Notre maître m'a confié une tâche qui nécessite d'entrer dans le château de Lord D'Lance. Peux-tu m'aider pour cela ?

Les lèvres de Bast se retroussèrent en ce qui ressemblait à un grognement, mais Caden réalisa qu'il souriait.

— Je connais des entrées secrètes. Nous vous ferons entrer.

— Excellent.

Ils se regardèrent en silence. Caden avait beaucoup de questions, mais il ne savait pas comment les poser sans offenser la créature.

— Tu n'as pas besoin d'avoir peur de nous, dit Bast.

— Je n'ai pas peur, je suis juste curieux.

— Tu veux savoir ce que nous sommes ?

Caden hocha la tête.

— Nous étions autrefois des hommes comme toi... jusqu'à ce que Lord D'Lance nous change.

— Comment vous a-t-il changés ?

L'estomac de Caden gargouilla.

— D'abord, mangeons. Pendant que tu manges, je te raconterai ce qui s'est passé.

5

Qui allait l'entraîner ?

Cette question tourmentait Mina alors qu'elle était assise sur le sol de la chambre de Copper, attendant son retour. L'Enclave l'avait congédiée et avait demandé à Copper de rester, ce qui ne faisait qu'ajouter à ses inquiétudes.

Elle doutait que Lord Klodian lui apprenne à devenir soldat, et Thaïs était une option discutable. Caden aurait été son professeur idéal, mais il était maintenant dans le Dominion Dracan. Savait-il qu'il servait un homme si malfaisant ? C'était une autre crainte qui s'ajoutait à sa liste déjà bien remplie.

Mina faisait les cent pas dans la caverne lorsque Copper la rejoignit enfin. Elle le regarda d'un air interrogateur.

Ton doute t'entoure comme un épais nuage, dit-il.

Je n'y peux rien. Je n'ai aucune idée de comment je vais apprendre suffisamment en deux semaines, mais le plus gros problème est que je ne connais personne qui puisse m'entraîner.

Alors c'est une bonne chose que je connaisse quelqu'un.

Vraiment ? Qui est-ce ?

Moi.

Mina attendit qu'il se mette à rire, mais il se contenta de la fixer en silence.

Comment vas-tu m'entraîner à devenir une guerrière ? Les dragons utilisent-ils des épées et des armures ?

Non, mais mon précédent cavalier si. Nous, les dragons, avons une excellente mémoire, et je suis sûr de pouvoir t'enseigner ce que tu dois savoir pour combattre et survivre.

Cela ne lui plaisait pas, mais à ce stade, c'était son seul choix. Elle hocha la tête.

On dirait que je vais devoir te faire confiance.

Comme tu le devrais. Nous sommes liés, et par conséquent, nous devons avoir confiance l'un en l'autre. Tu m'as donné ta parole que tu ne conduirais pas Lord Klodian à d'autres dragons, et tu l'as tenue.

Ta confiance a ses limites, dit Mina. *Je ne connais même pas ton vrai nom.*

Copper renifla. *Quand tu auras prouvé à l'Enclave que tu es une guerrière, je te dirai mon nom.*

Je ne faillirai pas. Je ne peux pas.

Je te crois. Dans ta chambre, tu trouveras une armure et une épée. Va les chercher et nous commencerons ton entraînement.

Maintenant ? demanda Mina.

Oui. Deux semaines, ce n'est pas beaucoup de temps, alors chaque instant compte.

Il n'avait pas tort. Mina se leva et se précipita dans le tunnel menant à sa chambre. Elle se tint devant le mannequin portant l'armure, les mains tremblantes. Était-elle prête pour ça ? Elle voulait le croire, mais le doute l'assaillait. Même si elle pouvait apprendre à manier une épée, aurait-elle le courage de frapper quelqu'un avec ?

Elle ne connaissait pas la réponse à cette question. Pas encore, du moins.

Il lui fallut un moment pour comprendre comment enfiler l'armure, mais une fois qu'elle l'eut fait, elle se sentit différente d'une certaine manière. Plus forte, si cela avait un sens. Copper avait mentionné qu'il y avait aussi une épée, mais Mina ne la voyait pas. Elle fouilla la pièce et la trouva finalement au sommet de l'armoire. Une fine couche de poussière la recouvrait, et elle l'épousseta du bout des doigts, en prenant soin de ne pas se couper.

La lame était lisse et brillait comme si elle était neuve. Elle attacha le fourreau autour de sa taille et retourna dans la chambre de Copper.

Tu me rappelles Lucius, dit-il.

C'était son armure ?

Non, mais le design est similaire. Comment te va-t-elle ?

Elle est parfaite, je crois. Je n'en ai jamais porté avant. C'est étrange.

Tu t'y habitueras. Pour l'instant, tu ne l'enlèveras que pour dormir.

Et plus tard ? demanda-t-elle.

Cela dépendra de ce qui se passera avec Lord D'Lance, mais tu devras probablement la porter en permanence pour être en sécurité.

Mina n'imaginait pas essayer de dormir dans l'armure. Ce n'était pas inconfortable, mais c'était serré et quelque peu contraignant.

Ai-je vraiment besoin de l'épée maintenant ?

Oui, répondit Copper. *Nous allons nous entraîner un peu en volant.*

Ne serait-il pas plus facile d'apprendre au sol ?

Ce le serait, mais si tu peux apprendre à te battre depuis mon dos, alors te battre au sol sera un jeu d'enfant sous tes ailes.

Mina leva les bras et les agita de manière ludique. Copper gloussa en réponse, ce qui la fit rire.

Viens, dit-il. *Nous allons à la surface.*

Elle le suivit, admirant le paysage pendant qu'ils marchaient. Les grands tunnels étaient beaucoup moins déroutants que le labyrinthe du château de Klodian, et elle était convaincue qu'elle les mémoriserait rapidement. Penser au château la rendait étrangement nostalgique. C'était une émotion bizarre, considérant qu'elle y avait grandi en tant qu'esclave. Elle supposait que c'était la familiarité du lieu, la certitude de ce qu'on attendait d'elle.

Ici, parmi les dragons, elle ne savait pas quoi faire. Copper était son seul ami... si c'était ainsi qu'elle pouvait l'appeler. Il lui était aussi étranger que Thaïs, si ce n'est plus. Mina observa le dragon pendant qu'il marchait. Sa démarche lui rappelait celle d'un chat, en particulier la façon dont ses épaules montaient et descendaient, et ses ailes membraneuses bruissaient à chaque pas.

Lorsqu'ils sortirent de la grotte et arrivèrent à la lumière du jour, le soleil aveugla momentanément Mina. Elle cligna des yeux plusieurs fois jusqu'à ce que sa vue s'adapte.

Assieds-toi sur mon dos comme tu l'as fait quand nous sommes venus ici, dit Copper.

N'y a-t-il pas de selle que nous pourrions utiliser ? Ce serait plus sûr avec une, non ?

Rien dans ton entraînement ne va être facile.

Mina hésita. Elle voulait apprendre, mais à quel prix ? Repoussant ses doutes, elle grimpa sur le dos de Copper et s'installa. Le dragon battit des ailes et s'élança dans les airs, prenant de l'altitude. Une fois qu'ils furent haut au-dessus du sol, Copper se mit à tourner en larges cercles.

Tu vas d'abord apprendre les bases, dit-il. *Pendant que nous volons, tu dois être consciente du vent. Des rafales peuvent surgir soudainement et te pousser hors de mon dos. Si tu tombes, il n'y a aucune garantie que je pourrai te rattraper.*

C'est rassurant, répliqua Mina d'un air morose.

As-tu peur des hauteurs ?

Je ne crois pas. Voler jusqu'ici ne m'a pas dérangée.

Bien. Dégaine ton épée.

Mina tira maladroitement sur la poignée de la lame jusqu'à ce qu'elle sorte du fourreau. Elle était lourde, et elle se demanda comment elle pourrait la manier avec précision, sans parler de l'utiliser dans un combat.

Fais un essai, dit Copper.

Et si je te frappe ?

Je n'aurai rien.

Mina tendit le bras et fit un mouvement de hache vers l'avant avec la lame. Ses yeux s'écarquillèrent lorsque la poignée glissa de ses doigts et que l'épée se mit à tournoyer dans les airs.

Je l'ai lâchée, dit-elle.

Copper rit et plongea, filant dans le ciel jusqu'à ce que le sol se rapproche, puis il déploya ses ailes pour attraper l'air. Il atterrit dans le sable et Mina sauta à terre, courant vers l'endroit où se trouvait l'épée. Elle s'était plantée la pointe en bas et se dressait hors du sol comme une relique des temps anciens. Elle la dégagea et la rapporta à Copper.

Désolée. Elle était plus lourde que je ne le pensais.

Tu n'as pas à t'excuser. Tu développeras la force nécessaire pour la tenir fermement.

Mina doutait de pouvoir faire autant de progrès en deux semaines, mais elle ne voulait pas abandonner. Elle remonta sur le dragon et attendit qu'ils soient en l'air pour essayer de la faire tournoyer à nouveau. Comme avant, la lame lui échappa des mains et alla tournoyer vers le sol.

La journée allait être longue.

6

Caden observait les hommes-lézards d'un œil méfiant tout en mâchant un morceau de viande. Bast lui avait coupé une part de l'animal qui rôtissait au-dessus du feu. Ces créatures ressemblaient beaucoup à des hommes normaux dans leurs manières et leurs personnalités, mais leur peau écailleuse et leurs visages allongés démentaient cette impression.

— Que sais-tu des dragons ? demanda Bast.

— Pas grand-chose, répondit Caden en haussant les épaules. Ce ne sont que des animaux sauvages.

— C'est ce que je pensais aussi autrefois. Je peux t'assurer avec certitude que rien n'est plus éloigné de la vérité.

— Que veux-tu dire ?

— Ce ne sont pas des créatures sans cervelle. Ils ont des pensées intelligentes et peuvent parler.

Caden leva son sourcil gauche.

— Ils peuvent parler ?

— Oui, répondit Bast. Je vois le doute sur ton visage. Comment se fait-il que tu puisses me voir, moi et mes frères, et savoir que notre existence ne devrait pas être possible, et pourtant tu recules devant l'idée que les dragons puissent communiquer ?

— Tu marques un point.

— Tu ne sais pas, n'est-ce pas ?

— Savoir quoi ?

— Notre maître... c'est un dragon.

L'image des yeux brillants derrière le trône lui revint à l'esprit, et Caden réalisa que Bast disait la vérité. Cela prenait tout son sens maintenant, d'autant plus que la source de la voix n'était pas apparue dans la lumière.

— Je te crois, dit-il.

Les narines de Bast se dilatèrent alors qu'il inspirait brusquement.

— Son odeur est sur toi. As-tu eu l'honneur de te tenir en sa présence ?

— Oui.

— C'est un grand honneur. Je ne l'ai jamais vue de mes propres yeux. J'ai seulement entendu sa voix dans mon esprit.

— Tu as dit que vous étiez tous des hommes comme moi. Que s'est-il passé ? Caden voulait en savoir plus sur ces hommes-lézards et leur raison d'être. Si Lord D'Lance faisait plus que fomenter une rébellion, le Haut Prince aurait un bien plus gros problème entre les mains.

— Nous n'étions pas des Runesmens comme toi, mais nous étions des soldats loyaux. Il est venu à nous avec une proposition, sur laquelle il n'a pas été entièrement honnête. Après que nous ayons accepté, il nous a changés. Je ne le savais pas à l'époque, mais il pratique la magie noire. Celle qui est interdite par le Haut Prince. Il nous a fusionnés avec l'énergie des œufs de dragon. Nous sommes à la fois homme et dragon. Une existence chaotique. Notre maître nous appelle les dramans.

— C'est horrible, dit Caden. Pourquoi avez-vous accepté ?

— C'est la partie que Lord D'Lance a omise. Il nous a promis force et puissance sans avoir besoin d'une rune. Il ne nous a jamais dit *comment* il allait réussir cet exploit.

— Et ceux que vous avez attaqués ? Ils ne semblaient pas aussi intelligents que toi.

— Mes frères et moi étions parmi les premiers qu'il a transformés. Une fois que nous avons réalisé ce qu'il avait fait, nous nous sommes rebellés et avons fui le château. Nous nous sommes cachés dans les bois, grandissant lentement à mesure que notre maître en rassemblait davantage. Lord D'Lance a commencé à rendre ses nouvelles créations moins... intelligentes.

— Tu continues à dire "frères". Êtes-vous parents, ou vous considérez-vous comme une famille ?

— Je m'excuse. C'est la partie dragon en moi qui parle. Tous les dragons sont frères, ou famille, si tu préfères. Les différentes couleurs ne s'entendent pas, mais c'est un problème trivial face à l'éradication.

Caden fronça les sourcils.

— Lord D'Lance veut tuer tous les dragons ?

— Non, répondit Bast. Il veut utiliser les dragons comme esclaves. Il les force à créer des liens avec des humains tout en volant leurs œufs pour créer plus de soldats. Les dragons ne pondent pas beaucoup d'œufs et il peut falloir des années pour qu'ils éclosent. S'il n'est pas arrêté, il pourrait causer l'extinction des dragons.

Tu ne dois pas le laisser réussir.

La voix résonna dans l'esprit de Caden. Il hocha la tête pour lui-même et se leva, se dirigeant vers le ruisseau pour se laver les mains. Pour une raison qu'il ne pouvait expliquer, il ressentait une horrible sensation au creux de l'estomac quand il pensait à la mort de sa maîtresse. Il ne savait rien d'elle, certainement pas assez pour justifier de l'inquiétude, et pourtant il la ressentait aussi sûrement qu'il sentait l'eau sur ses mains. Mais pourquoi ?

C'était quelque chose à laquelle il devrait réfléchir. Il retourna à sa place à côté de Bast et laissa ses mains sécher à l'air libre tandis qu'il réfléchissait à la tâche qui les attendait. Si Bast pouvait le faire entrer dans le château sans être remarqué, il était confiant que récupérer la pierre serait relativement facile.

— Combien d'hommes as-tu ? demanda-t-il.

— Un peu moins de deux cents.

Caden cligna des yeux. Deux cents hommes ne constituaient pas une grande armée. Néanmoins, c'était mieux que rien.

— Tu as l'air déçu, dit Bast.

— C'est un obstacle que nous devrons surmonter.

— Notre maître rassemble des dragons qui ne sont pas asservis par Lord D'Lance, et ils renforceront grandement nos forces.

Caden n'en doutait pas, mais à moins que leur effectif n'augmente de façon exponentielle, ce serait une mission suicide d'essayer d'affronter directement les forces de Lord D'Lance. Leur situation était désespérée, et à moins qu'un miracle ne se produise, il ne savait pas comment ils allaient réussir. La présence de la voix murmurait dans le fond de son esprit, le réconfortant.

— Nous avons besoin d'un moyen d'amener plus de tes frères à nous rejoindre. Pourquoi font-ils défection ?

— Les plus récents ne sont pas aussi intelligents, mais ils savent encore qu'ils ne sont pas des créations naturelles. Et j'ai entendu dire qu'il est plus dur dans ses punitions quand il s'agit de leurs échecs. Personne ne veut être brutalisé.

— Peut-être pouvons-nous utiliser cela à notre avantage, dit Caden, les rouages de son esprit s'activant. Si plus d'entre eux voient ce qu'il fait, ils pourraient rompre leurs liens avec lui.

— Je pense que tu as raison, répondit Bast. À quoi penses-tu ?

— Ce sera risqué, mais nous pouvons renvoyer les derniers déserteurs au château. Ils peuvent provoquer une scène, quelque chose qui les fera punir. Si je connais bien

Lord D'Lance, il voudra les parader dans la rue avant de les exécuter publiquement.

Les yeux de Bast se réduisirent à des fentes.

— Il les tuera, mais pas en public. Il ne nous laisse pas nous mêler à qui que ce soit. J'ose dire qu'aucun des nobles n'est même au courant de ce qu'il fait.

— Ça pose un problème. Et la patrouille qui m'a capturé ? Ils étaient à découvert.

— Il nous laisse patrouiller librement dans la campagne. Nous ne portons pas son emblème, donc personne ne peut nous relier à lui si nous sommes vus.

— Et si les déserteurs se révélaient ? Ils montrent leurs visages et commencent à raconter à tout le monde ce qu'il fait en secret. Il serait alors obligé d'agir.

— C'est risqué, dit Bast. Je vais parler à mes frères et voir si certains sont volontaires.

Caden hocha la tête. — Bien. Si nous avons des volontaires, alors ça devrait marcher. Ils peuvent provoquer un vacarme et rassembler une foule. Quand Lord D'Lance arrivera en trombe et essaiera de les tuer, nous amènerons tous nos effectifs pour l'arrêter. Le seul problème que je prévois, c'est qu'à moins que tes frères ne le voient utiliser la force contre les déserteurs, ils ne connaîtront pas l'étendue de sa cruauté.

— Laisse-nous nous en occuper. Nous ferons courir le bruit que quelque chose d'important se prépare. Mes frères trouveront un moyen d'observer, et quand ils le feront, cela devrait les convaincre de nous rejoindre.

— Je dois entrer dans le château avant que tout cela ne se produise. Notre maître a besoin de quelque chose qu'il possède, donc nous devrons nous assurer de l'avoir en main d'abord. Le plus tôt sera le mieux.

— Nous pouvons y aller ce soir. Cela donnera à mes frères le temps de considérer les risques, mais je suis confiant de connaître déjà leur réponse.

Caden avait le sentiment que ce qu'ils complotaient pourrait très bien déclencher une guerre. C'était ce que Lord D'Lance voulait de toute façon, mais le voudrait-il toujours s'il devait affronter des dragons ?

7

Les doigts de Mina étaient endoloris et sa main pulsait douloureusement, pourtant Copper la poussait à continuer. Le vent tirait sur ses vêtements alors qu'elle se tenait sur son dos, les genoux fléchis pour rester baissée. Ses lèvres étaient gercées à cause du vent et du soleil, et ses yeux étaient si secs qu'elle pouvait à peine les garder ouverts.

Quand pourrons-nous faire une pause ?

Quand tu pourras manier l'épée correctement, gronda Copper.

Il n'était pas dur avec elle, mais elle était épuisée et sa persistance l'irritait. Bien qu'ils ne s'entraînent que depuis quelques heures, son niveau d'énergie faiblissait. Son estomac était creux et sa gorge desséchée. Si elle vivait assez longtemps pour manger quelque chose, ce serait un petit miracle.

Ne sois pas si dramatique. En tant que cavalière, tu devras souvent passer de longues périodes sans nourriture ni eau. Tu dois habituer ton corps car les choses ne se passeront pas toujours en douceur.

Mina serra les dents contre la douleur et se concentra sur l'image que Copper projetait dans son esprit. C'était celle de Lucius, son précédent cavalier. Il était en position accroupie, l'épée prête. Elle était dans la même position, mais alors qu'il semblait à l'aise et expérimenté, elle se sentait maladroite. L'image s'anima, et Mina reproduisit les mouvements de Lucius.

Elle tourna son poignet, amenant la lame vers l'avant. Sa prise sur la poignée était aussi ferme que possible, et l'épée resta dans sa main. Une vague d'excitation la submergea. Elle avait réussi !

Bien, dit Copper. *Tu n'as pas lâché ton arme. Essayons quelque chose de différent. Cours le long de mon dos jusqu'à ma queue.*

Pourquoi ?

Fais-le, c'est tout.

Mina resserra sa prise sur l'épée et se retourna lentement. Les crêtes et les épines sur son dos offraient un terrain inégal, mais elle se rappela qu'elle devait lui faire confiance. Elle prit une profonde inspiration et sprinta, ses chevilles se tordant brusquement à chaque pas. En atteignant sa queue, elle ralentit son allure.

Et maintenant ?

Continue !

Elle fit ce que Copper disait. Alors qu'elle atteignait la partie la plus fine de sa queue, il l'ondula, l'envoyant voler dans les airs. Ses yeux s'écarquillèrent tandis qu'elle s'élevait plus haut, et elle agita frénétiquement ses bras, lâchant l'épée. Le temps sembla s'arrêter alors qu'elle flottait dans les airs. La queue de Copper disparut de sa vue, puis elle commença à tomber. Elle hurla de terreur alors que son estomac se retournait.

Le vent fouettait violemment, la ballottant alors qu'elle filait vers le sol. Mina ferma les yeux et maudit Copper, se demandant pourquoi elle lui avait fait confiance. Soudain, sa chute s'interrompit. L'air fut expulsé de ses poumons et elle ouvrit les yeux, luttant pour respirer. Elle avait atterri sur le dos de Copper. Ou plutôt, il l'avait rattrapée. Instinctivement, elle s'agrippa à ses écailles et s'y accrocha. Copper tournoya en larges cercles tout en descendant lentement.

Tu as essayé de me tuer !

Je n'ai rien fait de tel, rétorqua Copper. *C'était une leçon.*

Une leçon sur les expériences de mort imminente ?

Le dragon rit, mais Mina ne trouvait pas du tout la situation amusante.

Je voulais te montrer ce qui peut arriver si tu tombes de mon dos. J'ai pu facilement te rattraper, mais si nous étions en plein combat dans le ciel, ce serait presque impossible. Maintenant que tu connais la sensation de chute libre, tu te souviendras de l'importance de garder ton équilibre.

Mina pensait que c'était une façon incroyablement dangereuse d'enseigner une leçon si simple. Elle fulmina en silence jusqu'à ce qu'ils atterrissent, puis elle sauta de son dos et traversa le sable en direction de l'entrée de la grotte. Copper ne la suivit pas, ce dont elle était reconnaissante. Elle atteignit la chambre de Copper sans trop de difficultés et retira son armure et ses vêtements, puis plongea dans le bassin d'eau.

À en juger par la brûlure de sa peau, elle avait attrapé un bon coup de soleil. L'eau la rafraîchit et elle soupira de soulagement. Elle était tentée d'en boire, mais elle ne pensait pas que ce soit une bonne idée. Qui sait quels types de germes flottaient invisibles, surtout dans la grotte d'un dragon.

Elle sortit et se sécha à l'air libre, puis remit ses vêtements. Elle laissa l'armure au sol et retourna à la surface. Copper se prélassait au soleil, ses ailes déployées.

Je n'avais pas l'intention de te contrarier, dit-il.

Il l'*avait* contrariée, mais elle haussa les épaules en réponse. Au service de Lord Klodian, elle avait appris beaucoup de choses, comme contrôler ses émotions. Son mur de stoïcisme s'était fissuré et sa colère avait filtré. La culpabilité l'assaillit.

Je suis désolée d'avoir exagéré, dit-elle.

Tu n'as pas exagéré. Il est naturel que tes émotions t'affectent de cette façon. Tu as senti que je t'avais mise en danger. Ta colère était justifiée. Je te préviendrai davantage la prochaine fois.

Mina le regarda un moment avant d'acquiescer.

J'ai faim, dit-elle, changeant de sujet.

Tu trouveras de la nourriture dans ta chambre. Deux repas seront préparés chaque jour.

Seulement deux ?

Oui. Les humains sont frivoles dans leur consommation. Tu ne mangeras que ce qui est nécessaire.

Et pour l'eau ?

Les yeux de Copper brillèrent au soleil tandis qu'il inclinait la tête.

Je vais te montrer où boire. Je pense que tu trouveras ça... intéressant.

Il rétracta ses ailes et passa devant elle, ouvrant la voie vers la grotte. Ils suivirent le tunnel qui contournait leurs chambres et continuèrent. Le sol s'inclinait sous les pieds de Mina, et elle pouvait dire qu'ils s'enfonçaient plus profondément sous terre. À un moment donné, la lumière qui scintillait dans les parois de verre s'estompa.

Accroche-toi à ma queue, dit Copper.

Mina fit ce qu'il demandait et le suivit aveuglément. L'obscurité était impénétrable, mais malgré son inconfort, elle n'avait pas peur. Ils marchèrent sur quelques centaines de mètres avant qu'une faible lueur n'apparaisse devant eux. Mina lâcha la queue de Copper et se plaça à côté de lui. La lumière provenait d'une énorme pierre verte logée dans le plafond. Elle était multifacettes et lisse.

Qu'est-ce que c'est ?

C'est un cristal, répondit Copper. *Nous l'avons trouvé quand nous construisions notre maison ici.*

Est-ce que c'est la magie qui le fait briller comme ça ?

Tout n'est pas magique. Il brille naturellement.

Le tunnel s'ouvrait sur une corniche en forme de croissant. Haut au-dessus, mais en dessous du cristal, une cascade dégringolait le long du mur de gauche, remplissant un grand bassin d'un liquide clair.

— Cette eau est potable pour toi, dit Copper. Elle est filtrée par le sable et les roches.

Mina s'agenouilla au bord de la corniche et forma un creux avec ses mains, les plongeant dans l'eau. Elle les ramena rapidement à sa bouche et but. L'eau était froide et rafraîchissante. Copper attendit patiemment qu'elle se désaltère, et quand elle eut fini, ils parcoururent le tunnel pour retourner dans sa chambre.

— Tu peux manger maintenant, et quand tu seras prête, nous nous entraînerons à nouveau avec l'épée.

— Je l'ai lâchée quand tu m'as projetée dans les airs, donc je vais devoir la retrouver.

— J'ai récupéré l'arme quand tu es partie en trombe.

— Oh. Merci.

Mina quitta la chambre de Copper et se rendit dans la sienne. Un plateau de nourriture fumante l'attendait. Alors qu'elle commençait à manger, elle s'arrêta pour se demander qui l'avait préparé. Un bruit de froissement venant de l'ombre la fit sursauter. Elle scruta dans la direction du bruit et vit deux yeux brillants. Copper n'était qu'à quelques mètres si elle avait besoin de lui, donc elle n'était pas trop inquiète.

— Qui est là ? demanda-t-elle.

— C'est moi, répondit une voix douce. Le ton était léger, presque musical.

— Moi qui ?

— Moi. C'est moi.

— Sors de l'ombre que je puisse te voir.

Le bruit de froissement se répéta, et une petite créature s'avança dans la lumière. Elle mesurait environ un mètre, et au début, Mina crut que c'était un enfant. En examinant l'apparence de la créature, il devint évident que ce n'en était pas un. En fait, ce n'était même pas un humain. Elle avait le teint pâle, la tête chauve et des oreilles pointues.

— Il y a quelque chose ici, dit Mina à Copper.

— Qu'est-ce que c'est ?

— Je ne sais pas.

Mina sentit la présence de Copper s'intensifier dans son esprit.

— Ah. C'est Areg. N'aie pas peur de lui. Il est inoffensif.

— C'est moi, répéta Areg en se pointant du doigt.

— Ton nom est Areg ?

La créature hocha la tête.

— Que fais-tu dans ma chambre ?

— Apporter nourriture. Toi manger.

— Oh. Merci.

— Moi servir toi. Si besoin, tirer corde.

Areg pointa vers l'entrée qui menait au couloir, et Mina réalisa qu'il y avait une corde qui pendait du plafond.

— Je te ferai savoir si j'ai besoin de quelque chose.

Areg tenta une révérence, mais on aurait dit qu'il allait tomber. Il se redressa puis sortit de la pièce en claudiquant.

— Qu'est-ce qu'Areg ? Il marche sur deux jambes, mais je n'ai jamais rien vu de tel auparavant.

— Areg est un elfe, répondit Copper.

Mina en avait entendu parler avant, mais seulement dans des histoires. Elle n'avait jamais pensé qu'ils pouvaient être réels. Avec chaque nouvelle chose qu'elle apprenait, il devenait de plus en plus évident que le monde des dragons était très différent de ce qu'elle avait pu imaginer.

8

La lune brillait au-dessus d'eux tandis que Caden suivait Bast à travers les bois en direction de Velbridge. Quelques rayons épars de lumière pénétraient la canopée, mais Caden avait toujours du mal à voir le chemin devant lui. Bast, quant à lui, avançait d'un pas assuré.

— Tu as de bons yeux, dit Caden.

— Il y a quelques avantages à ce que Lord D'Lance m'a fait, mais ils sont rares.

— Je n'arrive toujours pas à croire qu'il ait fait quelque chose d'aussi impie. Sans vouloir t'offenser.

— Je ne le suis pas, répondit Bast. Certains jours sont plus difficiles que d'autres, mais c'est une lutte constante pour savoir qui je suis. L'humanité se bat contre le dragon, et ils ne sont jamais en paix.

Caden ne pouvait imaginer une telle existence, et il admirait la force morale de cet homme. Ils marchèrent pendant quelques heures, et lorsqu'ils atteignirent les abords de la ville, il était plus de minuit. Bast le conduisit le long du mur est, s'arrêtant devant une grande grille qui couvrait un tunnel. Un mince filet d'eau verdâtre et malsaine en sortait et se déversait dans un fossé qui l'éloignait de la ville. Caden fronça le nez.

— Les égouts ?

— C'est dégoûtant, mais c'est le moyen le plus sûr d'entrer dans la ville sans attirer l'attention. Les gardes ne les patrouillent pas, donc nous n'aurons pas de problème jusqu'à ce que nous revenions à la surface. J'aurai besoin de ton aide pour ouvrir la grille.

À eux deux, ils parvinrent à tirer suffisamment la grille rouillée pour pouvoir entrer. Elle était de forme rectangulaire, et le tunnel était bas et étroit.

— On va la laisser ouverte, dit Bast.

— Ça n'attirera pas l'attention ?

— Je pense que c'est peu probable. Nous devons avoir un moyen rapide de nous échapper au cas où quelque chose tournerait mal. Il y a trop de gardes pour risquer de sortir par les portes principales.

Caden n'aimait pas ça, mais il n'avait pas de meilleure idée.

— Jusqu'où peut-on s'approcher du château ?

— Il y a une sortie du côté ouest qui nous mènera dans le jardin privé de Lord D'Lance. De là, nous pourrons utiliser un passage secret pour entrer. Le seul problème est qu'en raison de sa proximité avec les quartiers personnels de Lord D'Lance, ils remplissent généralement l'endroit de soldats. Nous devrons être prudents pour ne pas nous faire prendre.

— Si on peut s'approcher autant de ses quartiers, pourquoi ne pas simplement s'y faufiler et le tuer dans son sommeil ?

— Ce ne serait pas prudent, dit Bast. Notre maîtresse désire verser son sang elle-même.

Caden se rappela qu'elle lui avait dit de ne pas toucher à Lord D'Lance. Il hocha la tête.
— On va avoir besoin d'une torche.

— Non, ce ne sera pas nécessaire. Je vois aussi clair que le jour dans la pièce la plus sombre. Suis-moi simplement.

Bast entra dans le tunnel, et Caden le suivit. Quelques pas plus loin, l'obscurité était totale. Les pas de Caden étaient hésitants, alors Bast lui prit la main et le tira. Il se sentait mal à l'aise de tenir la main du draman, mais il mit ce sentiment de côté. Ils avaient une tâche à accomplir, et il ne laisserait pas un léger inconfort se mettre en travers de leur chemin.

Caden pensait que les égouts seraient un endroit calme, mais c'était loin d'être le cas. Le bruit de l'eau qui coulait et des créatures qui couraient résonnait contre les murs. Chaque fois qu'ils passaient dans une flaque, il était content de porter des bottes. L'idée que cette eau le touche lui donnait la chair de poule de dégoût.

Les tunnels des égouts formaient un labyrinthe déroutant et lui rappelaient l'intérieur du château de Lord Klodian, mais ils s'arrêtèrent peu de temps après. Au-dessus d'eux, une faible lumière brillait à travers une grille circulaire.

— Il y a des barreaux dans le mur, dit Bast, guidant la main de Caden vers l'un d'eux. Ils sont glissants, alors monte lentement. Je vais monter en premier pour m'assurer que la voie est libre.

Bast les gravit rapidement. Dans la faible lumière, il semblait à Caden que le draman escaladait le mur lui-même plutôt que d'utiliser les barreaux métalliques. Il atteignit le sommet et poussa la grille sur le côté, puis passa sa tête à l'extérieur.

— La voie est libre, chuchota-t-il.

Caden monta lentement. La condensation s'était accumulée sur les barreaux, les rendant glissants, et il dut être méticuleux dans la façon dont il plaçait ses mains et ses pieds. Bast était déjà sorti du tunnel lorsque Caden atteignit le sommet.

— Par ici. Bast fit un signe de la main.

Caden aperçut le draman caché dans de grands arbustes qui s'appuyaient contre le château. Il jeta un coup d'œil autour du jardin et ne vit aucun garde, alors il sortit et se dépêcha de rejoindre Bast.

— Marche doucement et essaie de ne pas secouer les buissons.

Bast pressa son dos contre la pierre et commença à se déplacer latéralement dans l'espace étroit entre les arbustes et le château. Caden fit de même, faisant de son mieux pour avancer sans bruit, mais c'était difficile car des pierres détachées couvraient le sol. Cela sembla durer une éternité, mais finalement, Bast leva sa main gauche et plaça un doigt de sa main droite sur ses lèvres.

— Deux gardes, murmura-t-il. Ils sont devant l'entrée.

— Ils savent qu'elle est là ?

— Je ne pense pas. Il nous faut un moyen de les faire partir.

— J'ai une idée, dit Caden.

Il s'accroupit et tâtonna à l'aveuglette avec sa main jusqu'à ce qu'il trouve ce qu'il cherchait : une pierre de la taille d'une paume. Il la lança à travers le buisson et, un moment plus tard, elle claqua au loin.

— C'était quoi ça ? demanda l'un des soldats.

— Comment je le saurais ? C'est mon tour de lancer, alors va vérifier. C'est probablement un animal.

Le premier soldat grommela et se dirigea vers l'endroit où la pierre de Caden était tombée. L'autre était assis par terre devant un petit carré de bois. Derrière lui, une lanterne était accrochée à un poteau et offrait un peu de lumière pour y voir. Le soldat tenait sa main au-dessus du plateau et y laissa tomber deux dés. Il jura dans sa barbe et regarda autour de lui, puis retourna les dés et sourit.

— Il faut qu'ils s'en aillent tous les deux, chuchota Bast.

Avant que Caden ne puisse répondre, l'autre garde revint.

— J'ai rien vu. Hé ! Qu'est-ce que c'est que ça ? Il n'y a aucun moyen que tu aies fait un double six. Tu triches ?

— J'ai jamais triché de ma vie, balbutia l'autre garde.

— J'en doute !

— Tu me traites de menteur ?

— Eh bien, je ne vais pas dire que tu es un modèle d'honnêteté. Lance-les encore une fois pendant que je regarde.

— Bah ! D'accord.

Il ramassa les dés et les lança à nouveau. Cette fois-ci, il obtint effectivement deux six.

— Ha ! Tu vois ? Je ne mentais pas.

— Nous n'avons pas le temps pour ça, dit Caden.

Bast le fixa du regard. — On peut les tuer, mais il faudra cacher leurs corps.

Caden considéra l'option un instant et soupira. — Non. Je ne veux pas tuer des hommes innocents. Ils ne savent probablement rien de ce que fait Lord D'Lance.

— Alors quoi ?

— Tu entends ça ? demanda le premier garde.

— Entendre quoi ?

Ils se turent tous les deux, et Caden et Bast osaient à peine respirer.

— J'entends rien. Tu perds la tête maintenant, toi aussi ?

Bast fit signe à Caden de rester immobile et se faufila à travers les buissons jusqu'à se retrouver derrière le soldat assis par terre. Caden n'avait aucune idée de ce que l'homme préparait, mais il espérait qu'il n'allait tuer aucun des deux. Bast fit bruisser les buissons, et le deuxième soldat scruta les ombres d'un air suspicieux.

— Y a quelque chose là-dedans.

— Où ça ?

— Derrière toi.

Le garde se leva et se retourna, récupérant la lanterne du poteau. Il la tendit devant lui et éclaira les buissons. Bast resta parfaitement immobile, et aucun des deux soldats ne le vit.

— Ce doit être le vent, dit le soldat. Il se retourna, et Bast passa à l'action. Il se rua en avant et passa son bras autour du cou du soldat, le prenant dans une prise d'étranglement. Le visage de l'autre soldat devint blême, mais il dégaina son épée et fit un pas vers Bast.

— Lâche-le ou je t'étripe !

Caden sortit des buissons et s'approcha furtivement de l'homme par derrière. Bast découvrit ses dents en un sourire cauchemardesque et relâcha le garde, qui s'effondra au sol, inconscient.

— Tu l'as tué ! Engeance démoniaque !

Caden donna un coup de pied à l'arrière de la jambe droite du soldat, lui faisant plier le genou. Il tomba et Caden plaça sa main sur la bouche de l'homme, lui pinçant le nez. L'homme se débattit pour se libérer, mais Bast prit son épée et en pressa la pointe contre sa gorge.

— Ne bouge pas, dit-il.

La lanterne était tombée au sol, et la lumière qu'elle projetait éclairait le visage de Bast. Le garde cessa de se débattre, et un moment plus tard, Caden l'allongea sur le sol.

— Ils ne resteront pas inconscients longtemps, dit-il.

— Nous devrions nous dépêcher, alors. Où est l'objet que tu cherches ?

— Je ne suis pas sûr, mais je sais où nous pouvons commencer à chercher.

9

Mina.

Ses yeux s'entrouvrirent. Quelqu'un avait-il appelé son nom ? Elle attendit un instant, mais n'entendit rien. Ça devait être l'un des serviteurs. Ses paupières se refermaient lentement et elle était sur le point de se rendormir quand elle l'entendit à nouveau.

Mina se frotta les yeux pour chasser le sommeil et s'assit, jetant un regard autour de la pièce. Elle fronça les sourcils, perplexe. Ce n'était pas sa chambre. Où était-elle ? Et puis tout lui revint d'un coup, la frappant comme un éclair.

Copper ?

Mets ton armure et rejoins-moi dans le couloir.

Elle fronça les sourcils, ne se souvenant pas comment elle s'était endormie. En même temps, le dragon l'avait poussée au-delà de l'épuisement. Mina se glissa hors du lit d'un air endormi et s'apprêtait à aller chercher son armure dans la chambre de Copper quand elle la vit sur le mannequin à côté de sa garde-robe. Elle s'arrêta, son esprit fatigué essayant de se rappeler quand elle l'avait apportée dans sa chambre.

Haussant les épaules, elle enfila l'armure par-dessus ses vêtements et boucla sa ceinture d'épée autour de sa taille, puis sortit dans le couloir où Copper l'attendait.

Je suis réveillée, dit-elle en réprimant un bâillement. *Enfin, presque.*

Copper rit. *Tu t'es endormie tôt. Je suis surpris que tu aies dormi si longtemps. J'aurais été inquiet, mais ton esprit était toujours présent.*

Je n'avais pas travaillé aussi dur depuis longtemps.

Aujourd'hui ne sera pas plus facile. Comment te débrouilles-tu avec un arc ?

Je n'en ai jamais utilisé, admit Mina.

Alors tu vas apprendre aujourd'hui. Un cavalier efficace doit savoir manier plus qu'une simple épée.

Ne devrais-je pas maîtriser une arme avant d'en apprendre une autre ?

Dans une situation idéale, oui, mais le temps n'est pas de notre côté. Tu dois apprendre beaucoup de choses rapidement.

Elle savait qu'il avait raison, mais elle n'était pas confiante en sa capacité à apprendre ce qui était nécessaire.

Viens, ordonna Copper.

Ils montèrent à la surface et Mina réalisa que le soleil n'était pas encore tout à fait levé. L'air matinal était frais, et elle frissonna, se frottant les bras. Areg était là, tenant un arc et un carquois de flèches. Parsemant le paysage désertique autour d'eux se trouvait une multitude de mannequins.

Nous volerons au-dessus des cibles, et tu essaieras de les toucher avec une flèche. Es-tu prête ?

Mina se frotta les yeux, encore pas tout à fait réveillée. *Je suppose que oui.*

— Voilà tiens.

Areg lui tendit l'arc et elle s'en saisit. Le bois était d'une couleur miel pâle et lisse au toucher. L'elfe lui donna ensuite le carquois, et elle remarqua que chaque flèche avait un fin ruban rouge attaché.

À quoi servent-ils ? demanda-t-elle.

Au cas où tu manquerais ta cible. Ce sera plus facile de les retrouver. Puisque tu tires depuis mon dos, la sangle du carquois passera en travers de ta poitrine. Si tu es à pied, elle ira autour de ta taille.

Quelle est la différence ?

Tirer les flèches du carquois dans ton dos est maladroit et ne convient que lorsque tu chevauches. C'est plus facile et plus rapide de les tirer de ta taille quand tu es à pied. Et à moins que tu ne portes de solides bottes en cuir, tu voudras être pieds nus quand tu tireras, sinon tu n'auras pas une bonne assise.

Je vais essayer de me souvenir de tout ça, se lamenta Mina.

La maîtrise vient avec le temps. Pour l'instant, tu as juste besoin de connaître les bases. Grimpe.

Mina passa la sangle du carquois par-dessus sa tête et l'ajusta en travers de sa poitrine, puis grimpa sur le dos de Copper. Elle se prépara alors qu'il déployait ses ailes et s'élançait dans les airs, s'élevant rapidement. Il vola à une bonne distance de la zone où se trouvaient les cibles avant de faire demi-tour et de descendre lentement jusqu'à ce qu'il soit à environ trois mètres au-dessus du sol, puis se stabilisa.

Prépare ton arc, dit-il, projetant une image de Lucius dans son esprit.

Elle tira une flèche du carquois, manquant presque de la faire tomber en essayant de la placer sur la corde de l'arc. Copper planait sans effort au-dessus du paysage, mais le vent la poussait, la rendant instable. Ils approchaient de la première cible. Elle visa et tira. La flèche fila en avant sur quelques mètres puis fut emportée dans la direction opposée.

Tu dois tirer plus fort sur la corde. Plus de tension.

Mina saisit une autre flèche, mais avant qu'elle ne puisse l'encocher, la cible suivante passa en un éclair.

Trop lente ! gronda Copper.

J'essaie, rétorqua Mina.

Elle aperçut la troisième cible et visa à nouveau. Quand elle ne fut plus qu'à quelques mètres, elle relâcha la corde. La flèche vola droit et frappa le mannequin dans la jambe.

J'ai réussi ! s'écria Mina avec excitation.

Copper resta silencieux, mais elle pouvait sentir une odeur de citron et de clou de girofle émaner de lui. Tandis que le reste des cibles défilait, elle tira d'autres flèches du mieux qu'elle put, mais manqua tous ses tirs. Copper atterrit près d'Areg et Mina sauta à terre.

Récupère les flèches.

Mina courut sur le sable vers chaque cible et récupéra les projectiles, puis revint, haletante.

Areg va te montrer comment tirer avec précision.

Mina regarda l'elfe qui lui prit l'arc, ainsi qu'une flèche.

— Regarde.

D'un mouvement fluide, il encocha la flèche, visa et laissa partir le trait. Il siffla dans l'air et frappa l'une des cibles les plus éloignées.

— Va chercher, dit Areg.

Mina fit ce qu'il demandait et vit qu'il avait touché le mannequin en plein centre. Ses yeux s'écarquillèrent de surprise. Areg était si... petit. Comment avait-il tiré la flèche si loin ? Elle retira la flèche et revint vers l'elfe.

— Comment as-tu fait ça ? demanda-t-elle.

Areg sourit. — Moi faire avant.

— Que veux-tu dire ?

L'elfe secoua la tête et lui rendit l'arc. Il lui fit signe, et elle encocha la flèche sur la corde, puis le regarda avec expectative.

— Et maintenant ?

— Agenouille-toi.

Elle s'exécuta, et Areg lui donna une tape sur le coude.

— Tourne, dit-il, puis il plaça sa main sur la sienne et mit ses index, majeur et annulaire sur la corde, gardant la flèche entre son index et son majeur.

— Reste ici. Pas serrer.

— Ne pas serrer la flèche. Compris.

Copper projeta une autre image de Lucius dans son esprit, et elle imita sa posture. Elle tira la flèche jusqu'à un point confortable sur son visage, au coin de sa bouche.

— Concentre-toi, dit Areg. Petit.

— Je ne comprends pas.

Concentre-toi sur quelque chose de petit, clarifia Copper. *Une imperfection ou quelque chose de spécifique sur la cible. Plus c'est petit, mieux c'est. Garde les yeux dessus jusqu'à ce que tout le reste devienne flou, puis détends tes doigts et laisse la corde glisser.*

Mina suivit les instructions et se concentra sur une tache de couleur bizarre sur la chemise du mannequin. Elle relâcha la corde et la flèche frappa la cible exactement là où elle visait. Areg applaudit et Copper émit à nouveau une odeur de citron et de clou de girofle.

Très bien. Maintenant, essaie de toucher toutes les cibles d'ici.

Elle savait que ce n'était pas possible, mais essaya quand même. Deux flèches touchèrent leur cible, et le reste rata complètement.

C'était impossible.

Peut-être, mais tu as appris à viser. Essayons à nouveau depuis les airs. Tu n'auras pas de petit-déjeuner tant que tu ne pourras pas toucher toutes les cibles d'un coup.

Mina rassembla les projectiles égarés et grimpa sur le dos de Copper. Il survola à nouveau les cibles, et cette fois, elle n'en toucha aucune. Il atterrit pour qu'elle puisse récupérer les flèches, et elle revint vers lui d'un pas déterminé.

Recommençons, souffla-t-elle.

10

Caden ne connaissait pas bien l'intérieur du château, surtout dans l'obscurité. Il décrivit la porte qu'il avait vue précédemment, et Bast le guida à travers les couloirs. Ils croisèrent quelques soldats faisant leur ronde et durent se cacher dans l'embrasure d'une porte sombre pour éviter d'être vus. Une fois les gardes passés, ils continuèrent jusqu'à atteindre un couloir vide.

— C'est ici, dit Caden. C'est la porte au bout.

— Je connais cet endroit, répondit Bast. Je pense que c'est là que ma transformation a eu lieu.

— Tu n'en es pas sûr ?

— J'étais entre conscience et inconscience, mais cette zone me semble familière. Je n'en ai aucun souvenir avant ce moment-là.

Caden s'avança vers la porte et essaya la poignée, mais comme auparavant, elle était verrouillée.

— Tu ne te souviens pas d'une clé, par hasard ?

— Non.

Rien ne pouvait jamais être facile, n'est-ce pas ? Caden fronça les sourcils en fixant la porte. Ils pourraient essayer de chercher une clé, mais les chances d'en trouver une étaient si minces que cela ne semblait pas valoir l'effort. Il était impossible de savoir si l'un des gardes en avait une, et si c'était le cas, lequel ?

— Écarte-toi, dit Bast. J'espère que ça ne fera pas trop de bruit.

Caden se mit de côté. Bast prit position devant la porte, plaçant son épaule contre elle. Il saisit la poignée et la secoua. Elle se brisa, et il la jeta. Elle cliqueta le long du sol et s'arrêta en glissant.

— Ça ne s'est pas passé comme prévu, dit Bast. Il poussa sur la porte, mais elle ne bougea pas.

— Comment as-tu cassé la poignée ?

— Je ne voulais pas le faire.

— Non, je veux dire, *comment* as-tu fait ? C'est du métal.

— La fusion avec l'œuf de dragon a augmenté ma force. Parfois, j'utilise trop de force.

— Peux-tu forcer la porte ?

— Oui, mais cela risque d'attirer les gardes sur nous.

Caden savait qu'il avait raison, mais ils avaient peu de temps. — Fais-le.

Bast recula de quelques pas et donna un coup de pied dans la porte. Le bois où se trouvait la poignée se brisa, et le reste de la porte s'ouvrit vers l'intérieur, claquant bruyamment contre quelque chose à l'intérieur. Ils se précipitèrent dans la pièce, et Caden se figea devant ce qu'il vit.

Allongé sur une table se trouvait un corps. La moitié supérieure était humaine, mais à partir de la taille, il avait des écailles comme Bast. D'étranges ustensiles étaient disposés à côté, dont une fiole de liquide noir. La partie humaine avait la peau pâle et un visage émacié. Il était évident que la personne était morte.

— Celui-ci n'a pas survécu au processus, dit Bast, debout à côté de lui.

— Qu'est-ce qui les fait mourir ?

— Lord D'Lance n'a pas encore pleinement maîtrisé la magie noire qu'il utilise, et les dragons sont puissants, même sous forme d'œuf non éclos. Si le dragon résiste, le sort est perturbé et peut tuer la personne impliquée. J'en ai vu quelques-uns survivre à l'échec, mais ils ont fini par mourir dans les deux jours.

— Il est encore plus monstrueux que je ne le pensais.

— Il a trompé beaucoup de gens, mais ce n'est pas le moment d'en discuter. Que cherchons-nous ?

— Une pierre précieuse, répondit Caden.

— De quel type ?

L'image d'une jadéite vert vif se forma dans l'esprit de Caden. Il sentait qu'elle venait de sa maîtresse, et il était impressionné qu'elle puisse encore communiquer avec lui malgré la distance.

— Elle est verte, mais pas comme une émeraude. Elle a un aspect trouble.

— Je ne me souviens pas avoir vu quelque chose comme ça, mais comme je l'ai dit, mes souvenirs de la transformation ne sont pas cohérents.

— Fouille cette pièce. Je vais regarder dans celle-là.

Il pointa du doigt la porte au fond de la pièce. Bast commença sa recherche, et Caden se dirigea vers l'autre pièce. À l'intérieur, il y avait une douzaine de tables présentant la même scène macabre. Des corps à moitié transformés étaient allongés, leur chair au début du processus de décomposition. Caden se pinça le nez pour se protéger de la puanteur et jeta un coup d'œil autour de lui.

Il y avait une longue table contre le mur du fond qui contenait des œufs de dragon. Du moins, c'est ce qu'il supposait. Il s'approcha et les examina. Ils variaient en taille et en couleur, mais ils étaient tous recouverts d'une teinte sombre de rouge, similaire à de la rouille. Il n'osa pas les toucher. À part les corps, il n'y avait pas grand-chose d'autre à voir, alors il retourna dans la pièce où se trouvait Bast. Le draman examinait attentivement le corps sur la table.

— Un signe de la pierre ?

— Non, répondit Bast. Mais ce cadavre semble différent des autres que j'ai vus. Je pense que Lord D'Lance fait des expériences.

— Il y a des œufs recouverts d'une sorte de poussière rouge là-dedans.

Les yeux reptiliens de Bast se réduisirent à des fentes, et il grogna. — Il prépare quelque chose.

— On s'occupera de ça plus tard. Pour l'instant, nous devons trouver la pierre, et elle ne semble pas être ici.

— Que fait cette pierre ?

— Notre maîtresse a dit que Lord D'Lance l'utilise pour la garder prisonnière dans la montagne. Elle veut que je la trouve et la détruise.

— Si elle a de la valeur pour lui, il la gardera près de lui. Il l'a probablement dans ses quartiers personnels, dit Bast.

— Nous ne pouvons pas partir sans elle.

Les deux échangèrent un regard.

— Si la maîtresse en a besoin, alors nous l'obtiendrons. Es-tu prêt à mourir si cela en vient là ?

— Je ferai ce que je dois, répondit Caden.

— Suis-moi.

Bast prit à nouveau la tête et ils rebroussèrent chemin. Au lieu de ressortir par le passage secret, ils tournèrent à droite et se retrouvèrent dans une grande salle qui ressemblait à la Coterie. Un tapis moelleux reposait au centre de la pièce et des bancs longeaient les murs. La pièce était sombre à l'exception de la faible lumière de la lune qui filtrait à travers les fenêtres. Une seule porte offrait l'unique issue, mais alors qu'ils s'en approchaient, un garde sortit de l'ombre pour les intercepter.

— Que faites-vous tous les deux ici ?

— Toutes nos excuses, monsieur. Nous avons des nouvelles urgentes pour Lord D'Lance, dit Bast.

— Vous pouvez me dire de quoi il s'agit, et je l'en informerai personnellement.

— J'ai bien peur que ce ne soit que pour ses oreilles, monsieur.

— Alors j'ai bien peur que cela doive attendre le mati... Ses paroles se transformèrent en un gargouillis et Bast retira un poignard du cou du garde. L'homme agrippa sa blessure et s'effondra au sol.

— Je suis désolé, dit Bast en se tournant vers Caden. Je sais que tu as dit que tu ne voulais tuer personne, mais celui-ci le méritait. Il est aussi cruel que Lord D'Lance.

Caden ne dit rien. Il enjamba le corps et ouvrit la porte. Elle s'ouvrit silencieusement, et la première chose qu'il vit fut un énorme lit. Des rideaux transparents le drapaient entièrement. Caden se faufila dans la chambre et fouilla rapidement les tiroirs d'une commode ornée. Bast se dirigea vers le bureau de l'autre côté de la pièce, et après quelques minutes de recherche, il rejoignit Caden.

— Rien, chuchota-t-il.

— Quelle poisse, répondit Caden. Ça doit être quelque part ici.

Il aperçut une table de chevet à côté du lit et s'y précipita, mais elle était vide. Lord D'Lance était dans le lit, sa respiration rythmée et régulière. Caden posa sa main sur la poignée de son épée. Il serait si facile de mettre fin à la vie du tyran. Il le voulait, et au fond de lui, il savait qu'il le devrait, mais la présence invisible de son maître le retenait.

Sa vie m'appartient. Ta mission est de trouver la pierre.

Pardonnez ma faiblesse.

Caden était sur le point de continuer à fouiller la pièce quand il vit une chaîne en argent autour du cou de Lord D'Lance. Écartant le rideau, il se pencha et vit la pierre précieuse. Elle était enchâssée dans un pendentif attaché à la chaîne.

— Je l'ai trouvée, chuchota-t-il en regardant Bast.

— Prends-la et partons.

Caden ne voyait pas le fermoir, ce qui signifiait qu'il devait soit arracher la chaîne, soit sortir la pierre du pendentif. Aucune option n'était idéale, vu la situation.

— Prépare-toi à courir.

Caden souleva doucement la chaîne suffisamment pour avoir une prise ferme, puis la tira d'un coup sec. Les yeux de Lord D'Lance s'ouvrirent et il se redressa. Il regarda Caden puis le pendentif, et fronça les sourcils.

— Viens ! cria Bast.

Caden se retourna pour fuir, mais ses jambes refusaient de bouger. Il regarda Lord D'Lance et vit que l'homme l'avait ensorcelé. Sa main était serrée en poing, et il marmonnait quelque chose.

— Je ne peux pas bouger !

Bast se précipita et essaya de le tirer, mais ses jambes restèrent immobiles, comme enracinées. Le draman bondit sur le lit et frappa Lord D'Lance au visage, brisant sa concentration sur le sort. Caden fit quelques pas en avant, mais fut projeté au sol quand Bast le percuta. Ils grognèrent de douleur tous les deux et luttèrent pour se démêler.

— Gardes !

Caden se mit à quatre pattes et rampa vers la porte, mais une force invisible la claqua. Il se releva péniblement et chercha une autre issue. Lord D'Lance était sorti de son lit, le visage déformé par la rage. Il fit un geste de la main, et le pendentif fut arraché de la prise de Caden. Il vola à travers la pièce et Lord D'Lance l'attrapa au vol.

— Dis à ce lamentable dragon qu'elle pourrira dans cette montagne. Elle ne sera plus jamais libre.

— Elle sera libre, cria Bast. Et elle vous réduira en cendres !

La porte s'ouvrit brutalement, et des gardes armés entrèrent dans la pièce. Caden et Bast reculèrent vers la fenêtre.

— Tuez-les, ordonna Lord D'Lance.

Les gardes dégainèrent leurs épées et se précipitèrent vers eux. Bast attrapa Caden et le protégea de son corps alors qu'il traversait la vitre de la fenêtre, trébuchant sur un balcon qui surplombait le jardin.

— Plie les genoux et roule, dit Bast, puis il lança Caden par-dessus bord.

Caden atterrit sur ses pieds et utilisa son élan pour bondir en avant, roulant dans un parterre de fleurs. Il se releva rapidement et sprinta vers l'entrée des égouts, Bast juste derrière lui. Ils atteignirent le trou et descendirent dans les égouts, s'échappant dans la nuit.

11

Mina était réveillée bien avant l'aube. Elle arpentait sa chambre avec anxiété, passant continuellement ses mains sur le devant de son armure comme pour la lisser. Ses nerfs étaient à vif. Ce jour était probablement le plus important qu'elle ait jamais attendu. Les deux dernières semaines d'entraînement avaient été ardues, voire misérables. Elle avait l'impression que des mois s'étaient écoulés.

Mais c'était terminé.

Presque.

Elle prit une profonde inspiration et continua à faire les cent pas. Copper racontait son temps passé avec elle à l'Enclave, et avec leur approbation, ils la testeraient pour prouver si elle était une guerrière capable.

Une guerrière.

Mina faillit rire. Sa vie était si étrangère maintenant. Elle était passée de la position d'esclave à une hauteur dont elle n'avait jamais rêvé.

Copper l'avait poussée au-delà de ce qu'elle pensait possible. Chaque jour, elle se réveillait avant l'aube et s'entraînait à l'épée, puis à l'arc, puis revenait à l'épée. Elle n'avait pas eu le temps de se détendre, à peine reçu du temps personnel pour réfléchir à ce qu'elle faisait. Maintenant qu'elle avait un peu de temps libre, elle ne savait pas quoi en faire. Alors elle faisait les cent pas, l'esprit en plein tumulte.

Que se passerait-il si elle échouait ? La guerre, évidemment. Mais qu'en serait-il d'elle ? À quoi ressemblerait son destin ? Plus effrayant encore, que lui réservait son avenir si elle réussissait ?

Tu t'attardes sur des choses que tu ne peux pas contrôler, dit Copper, sa voix envahissant son esprit.

Je ne peux pas m'en empêcher. Qu'a dit l'Enclave ?

Ils veulent voir ce que tu as appris. Prends ton épée et viens avec moi.

L'épée de Mina était déjà attachée autour de sa taille, alors elle sortit dans le couloir. Copper la regarda en silence.

Qu'est-ce qui te tracasse ? demanda-t-il.

J'ai peur d'échouer.

Ne crains pas l'échec. C'est un feu qui te raffine. Donne tout ce que tu as dans ces tests. Que tu échoues ou réussisses, tu auras fait ton devoir en essayant.

Je ferai de mon mieux, jura Mina.

Ils se dirigèrent vers la surface, où l'Enclave les attendait, ainsi qu'une multitude d'autres dragons. Le souffle de Mina se coinça dans sa gorge. Il y en avait tellement, et ils étaient tous de couleurs différentes. Leurs écailles brillantes scintillaient au soleil, créant une myriade de mini arc-en-ciel.

Pourquoi sont-ils tous là ?

Tu es la première cavalière depuis mille ans, répondit Copper. *C'est un événement capital.*

Le poids invisible de leur jugement et de leurs attentes tomba soudain sur ses épaules. Elle ne s'attendait pas à autant de témoins. Néanmoins, les enjeux étaient clairs dans son esprit. Elle mit ses doutes de côté et marcha avec autant d'assurance qu'elle put rassembler.

Mina, avance et agenouille-toi devant l'Enclave.

C'était le dragon d'argent, celui qui avait sondé son esprit à son arrivée. Mina quitta le côté de Copper et s'approcha du groupe de dirigeants, puis s'agenouilla dans le sable.

Aujourd'hui, nous verrons ce que tu as appris. Donne le meilleur de toi-même. Non seulement pour nous convaincre, mais parce que tu es une cavalière. Nous sommes dans une situation unique, et je suis persuadé qu'il y a une raison au lien entre vous deux. Ne nous déçois pas.

Oui, Tiarna.

Un tremblement secoua le sable sous ses pieds, et Mina jeta un coup d'œil aux membres de l'Enclave. Les dragons se regardèrent, et elle put sentir une odeur de vanille émaner d'eux. Elle plissa le nez.

Prépare-toi pour tes épreuves.

Mina baissa brièvement la tête et se leva, retournant aux côtés de Copper. Areg lui tendit un arc et un carquois de flèches. Elle les passa tous deux sur son épaule et grimpa sur la patte avant de Copper pour s'installer sur son dos.

As-tu senti ça il y a un instant ? demanda-t-elle.

Oui.

Qu'est-ce que c'était ?

Je ne sais pas.

J'ai senti l'odeur de la vanille chez les anciens. Qu'est-ce que ça signifie ?

Peux-tu vraiment sentir nos émotions ?

Oui, répondit Mina.

Tu es l'une des rares humaines à pouvoir le faire. Je ne sais pas pourquoi tu as cette capacité, mais cela aidera à créer un lien plus fort entre nous. Nos émotions libèrent des phéromones pour les autres dragons, un peu comme la phéromone qui nous permet de nous localiser mutuellement. Dans ton cas, tu n'es pas submergée par la peur, mais tu peux sentir nos émotions.

Mina fronça les sourcils.

Quelle émotion correspond à la vanille ?

La curiosité.

Donc les anciens sont curieux à propos du tremblement de terre ?

Peut-être, ou ils sont peut-être curieux à ton sujet. Si tu ne peux pas déterminer l'objet de leur émotion, tu ne le sauras jamais.

Tu ne peux pas me le dire ?

Je pourrais, mais je ne vais pas le faire.

Pourquoi pas ?

Tu dois te concentrer sur les épreuves que tu vas affronter. Ne t'inquiète pas de ces choses maintenant.

Mina soupira. *Très bien.*

Le dragon d'argent hocha la tête, et Copper bondit dans les airs. La voix du dragon d'argent pénétra son esprit.

Ta première épreuve est le tir à l'arc. Tu dois toucher toutes les cibles.

Mina dégaina l'arc et saisit une flèche, se préparant. Alors que Copper prenait de l'altitude et que le sol en dessous s'éloignait, elle se demanda comment elle allait toucher les cibles à cette hauteur. C'est alors qu'elle remarqua que d'autres dragons les rejoignaient, chacun portant une cible sur son dos.

Que se passe-t-il ? demanda-t-elle. *Que font-ils ?*

Mes frères portent les cibles que tu dois toucher.

Je dois toucher des cibles en mouvement ? *Mais je ne me suis entraînée que sur des cibles fixes !*

Tu peux les toucher, dit Copper. *Si je ne pensais pas que tu en étais capable, tu ne serais pas mise à l'épreuve.*

Elle pensait que sa confiance était mal placée, mais elle avait traversé trop d'épreuves pour abandonner maintenant. Elle prit une profonde inspiration et leva l'arc.

Je suis prête.

Les dragons volant autour d'eux s'écartèrent, tournoyant dans différentes directions. Copper battit des ailes et vira à gauche, suivant le plus proche. Le vent la frappait, asséchant ses yeux. Elle serra les dents et garda ses jambes fermement pressées contre Copper tandis qu'elle visait.

Sa première cible se trouvait sur le dos d'un élégant dragon d'or. Mina n'était pas sûre, mais elle supposait qu'il s'agissait d'une femelle, à en juger par la stature plus petite de la bête. Elle tira la corde et se tint aussi stable que possible, gardant les yeux fixés sur le centre de la cible. Le dragon fit un tonneau, lui faisant perdre sa concentration.

Je n'arrive pas à bien viser parce qu'elle bouge sans cesse !

Calme-toi, la réprimanda Copper. *La patience est la clé. Attends le bon moment.*

Elle se reconcentra sur la cible et attendit. Le temps s'écoula, et elle perdit le compte des secondes. Le dragon d'or plongea vers le haut, et Mina vit son opportunité. Elle relâcha la corde de l'arc et la flèche fila dans le ciel. C'était faible comparé au vent, mais elle entendit la flèche frapper la cible. Le dragon s'inclina sur le côté et tomba en dessous d'eux, retournant au sol.

Un tir parfait. Très bien, mais ne te laisse pas griser. Il te reste encore beaucoup de cibles, et tu dois toutes les toucher.

Je dois les toucher du premier coup ?

Oui.

Mina saisit une autre flèche et l'encocha. Elle se pencha alors que Copper tournait et se rapprochait de la cible suivante : un dragon de laiton deux fois plus grand que Copper. Sa masse le rendrait plus difficile à manœuvrer, mais cela faisait aussi paraître la cible sur son dos beaucoup plus petite.

Peux-tu voler au-dessus de lui ?

Oui, mais tu ne pourras pas voir la cible.

Je voulais dire à l'envers.

Elle envoya une image de ce qu'elle avait en tête à travers l'écaille. Une brève odeur de freesia frappa ses narines, suivie de citron et de clou de girofle.

Accroche-toi, répondit Copper.

Mina serra ses jambes contre son cou et se prépara pour la chose la plus risquée qu'elle ait jamais tentée.

12

La maîtresse veut que tu restes ici.

Ces mots résonnaient dans l'esprit de Caden, lui rappelant son échec à récupérer la pierre précieuse deux semaines plus tôt. Il supposait que c'était une punition, et il se réprimandait quotidiennement. Si seulement il avait été mieux préparé.

Lord D'Lance organisait une célébration publique pour le Haut Prince, et Bast avait passé les dernières heures à finaliser leurs plans pour perturber l'événement.

— Tu sembles déprimé.

Caden leva les yeux vers le draman et rit.

— Déçu serait plus approprié. Je ne peux pas diriger les forces de notre maîtresse si je ne suis pas avec elles. J'ai échoué à la tâche qu'elle m'a confiée, et je sais que c'est ma récompense.

— Je pense que tu la comprends mal, dit Bast. Elle veut que tu restes ici pour ta sécurité. Si tu es tué demain, nous subirons une perte importante. Nos effectifs ont doublé depuis ton arrivée, et mes frères commencent à voir qu'il y a de l'espoir.

— Je n'avais pas considéré cela. Je suppose que je suis trop dur avec moi-même.

— Tout le monde échoue à un moment donné. Ce que tu fais après cela détermine ton caractère.

Tous deux étaient assis près d'un petit feu, l'un des nombreux dispersés autour de leur camp. Caden avait chaud et était détendu, regardant les flammes danser. Peut-être que Bast avait raison. La maîtresse voulait qu'il reste en arrière pour le garder en sécurité, pas pour le punir. Cette pensée le réconfortait, du moins jusqu'à ce qu'il s'attarde sur le fait que ses hommes allaient peut-être dans un piège mortel sans lui. Comment pouvait-il se considérer comme un chef s'il n'était pas au cœur du danger avec eux ?

— Quel est l'intérêt d'organiser une fête pour le Haut Prince s'il n'y assistera même pas ?

— Pour le peuple, c'est une démonstration de soutien, dit Bast. Et pour le Haut Prince, c'est un signe de loyauté.

— J'ai entendu dire que le Haut Prince a des yeux et des oreilles partout. Quelles sont les chances que le complot de Lord D'Lance soit déjà parvenu à ses oreilles ?

— C'est possible. S'il le sait, je me demande pourquoi il n'a pas fait marcher son armée pour détruire Velbridge.

Caden s'était aussi posé la question. Il y avait plusieurs réponses possibles, mais il craignait que ce soit soit parce que le Haut Prince était trop fier pour admettre qu'un de ses seigneurs le trahirait, soit parce que Lord D'Lance était devenu trop puissant pour être arrêté. Cette dernière idée était la plus inquiétante.

— Jusqu'à présent, Lord D'Lance a gardé ses dragons et ses draman secrets, mais je ne pense pas que cela va durer beaucoup plus longtemps.

— Surtout pas après demain, dit Bast avec un sourire.

— Tu pars toujours avant l'aube ?

— Oui. Mes frères sont prêts. Je laisserai quelques hommes derrière pour te garder pendant notre absence. Une ligne de messagers sera également mise en place pour t'alerter si quelque chose se passe. Tu auras largement le temps de t'échapper vers la montagne si nous sommes compromis.

— Tu es un leader capable, complimenta Caden. Je ne doute pas que tout ira bien.

— Merci. Tant que les dragons de Lord D'Lance ne font pas leur apparition, je pense que tout se passera selon le plan. Nous avons répandu la nouvelle, et je suis confiant que le reste de nos frères verra la vérité et nous rejoindra.

— Espérons-le. Tu devrais te reposer. Demain est un jour important.

— Je suis excité, mais tu as raison. Bast se leva et s'étira, ses écailles scintillant doucement à la lueur du feu. Nous nous retrouverons demain après que la poussière sera retombée.

Caden resta près du feu après son départ, en proie à ses propres pensées. Leur maîtresse ne lui avait pas dit directement de rester en arrière, donc s'il suivait ses hommes à Velbridge, il ne désobéirait pas à ses ordres.

Techniquement.

Et ce n'était pas comme si Bast était son commandant. Ils dirigeaient ensemble le groupe de draman. Il s'allongea et s'installa confortablement, regardant la canopée sombre. Plus il y pensait, plus il se convainquait de les accompagner en secret. Il ne s'impliquerait pas... il garderait juste un œil sur les choses.

Il se réveilla tôt le matin alors que les draman se préparaient à partir pour Velbridge. Ils n'étaient pas un groupe silencieux, et il lui était impossible de se rendormir même s'il le voulait. Bast lui fit ses adieux et conduisit les hommes loin du camp.

Caden attendit aussi patiemment qu'il le put, leur laissant une avance avant de les suivre. Les quelques gardes restés en arrière ne lui prêtaient aucune attention, et il attrapa une cape abandonnée et une torche, puis se faufila dans les bois. Il garda une bonne distance derrière Bast et les autres, et une fois Velbridge en vue, il tourna vers l'est et utilisa l'entrée des égouts que Bast lui avait montrée pour entrer dans la ville.

Il utilisa la torche pour éclairer son chemin, et comme il ne connaissait pas bien les tunnels, il décida d'aller tout droit jusqu'à atteindre une bifurcation, puis tourna à droite et grimpa la première série d'échelons qu'il trouva. La grille glissa facilement et il sortit dans une ruelle vide.

Des acclamations résonnaient contre les murs, et Caden réalisa que la célébration était déjà en cours. Il rabattit la capuche de la cape sur sa tête et éteignit la torche, la jetant de côté, puis s'engagea dans la rue et se dirigea vers les festivités. Les rues étaient normalement bondées, mais avec l'événement en cours, il ne rencontra qu'une poignée de personnes, des retardataires qui allaient dans la même direction que lui.

Il n'était que le milieu de la matinée, mais il était stupéfait de voir la taille de la foule qui s'était massée devant le château. Les gens étaient serrés les uns contre les autres, tous essayant d'avoir une bonne vue sur ce qui se passait. Caden escalada le côté d'un bâtiment et monta sur le toit. Une sorte de défilé passait dans l'artère principale, bloquée par des gardes armés de hallebardes.

Des trompettes et d'autres instruments jouaient, ajoutant à la cacophonie de sons qui flottait dans l'air. Caden repéra quelques silhouettes encapuchonnées parmi la foule, et il soupçonna qu'il s'agissait de certains de ses hommes. Les gens autour d'eux n'étaient pas affectés par leur apparence, et quand l'un d'eux se retourna, il vit pourquoi. Ils portaient des masques.

— Intelligent, murmura-t-il pour lui-même.

À l'arrière du défilé se trouvait un groupe de Runistes en armure. Le commandant Morin marchait avec eux, et Caden fut surpris de voir que Lord D'Lance était également présent. Il savait que l'homme portait le pendentif, bien qu'il ne puisse pas le voir. S'il le jugeait assez précieux pour dormir avec, alors il le portait sûrement sur lui maintenant. L'excitation monta en lui. C'était l'occasion de se racheter pour son échec. Il lui suffisait d'attendre que Bast et les autres-

Une agitation éclata près des gardes bloquant la rue principale lorsqu'un groupe de draman dégagea la zone, repoussant les citadins. Les gardes appelèrent des renforts, mais avant que leur aide n'arrive, les draman les maîtrisèrent. La foule s'éloigna en masse des créatures, criant au démon. Des cors retentirent, et les Runistes du défilé se dirigèrent rapidement vers la scène, mais à ce moment-là, un combat avait éclaté.

Les soldats et les draman s'affrontaient dans une bataille acharnée, leurs épées s'entrechoquant. Les citadins se dispersaient dans tous les sens, leurs cris et leur piétinement ne faisant qu'ajouter au chaos. Le commandant Morin se joignit à la mêlée, maniant sa lame avec une fureur qui semblait impossible pour un homme de son âge. Caden observait tout cela depuis le toit, attendant son heure.

Lord D'Lance s'avança au cœur des combats et appela des renforts. Caden ne pouvait plus attendre. Il redescendit dans la rue et se fraya un chemin à travers la foule en fuite. Il lui suffisait de s'approcher suffisamment pour dérober le pendentif, puis il s'enfuirait avec pour le rapporter à son maître.

Il garda son épée au fourreau en s'approchant des soldats, se faufilant entre les corps pressés pour se rapprocher. Lord D'Lance n'était plus qu'à quelques pas et lui tournait le dos. Caden bondit en avant, sa main droite tendue vers le cou de l'homme. Ses doigts effleurèrent d'abord la chaîne, mais il parvint à s'en saisir et l'arracha. Lord D'Lance fit volte-face, et les deux hommes se regardèrent dans les yeux.

— Encore toi. J'aurai ta tête !

Caden se retourna pour fuir et ressentit une douleur fulgurante dans ses côtes. Il grogna et trébucha, sentant quelque chose d'humide imbiber sa peau. Il sut sans regarder qu'il avait été poignardé. Sa vision se brouilla et il s'effondra au sol, le pendentif glissant sur les pavés.

13

Copper battit des ailes, les élevant plus haut. L'estomac de Mina se retourna inconfortablement lorsque le dragon fit une boucle au-dessus de l'autre bête, mais elle surmonta sa peur et décocha sa flèche, puis s'empressa d'enrouler ses bras autour du cou de Copper, l'arc se balançant à son poignet alors qu'ils volaient à l'envers.

Elle ne put voir si le tir avait atteint la cible, mais une fois que Copper se redressa, le gigantesque dragon d'airain lui lança un appel triomphant et commença à descendre. Sa flèche était plantée en plein centre de la cible qu'il portait. Mina murmura une prière de remerciement à Avera et se redressa, cherchant la cible suivante.

Il y en avait trois de plus, chacune sur le dos d'un dragon d'argent. Ils planaient côte à côte, leurs écailles scintillant brillamment sous le soleil.

Ce sont les dernières cibles ?

Oui, répondit Copper. *Les dragons d'argent sont rapides, et il sera difficile de suivre leur rythme. Tu devras tirer dès que nous serons à portée.*

Mina prépara une autre flèche tandis que Copper essayait de les rattraper. Le vent fouettait ses cheveux sauvagement et elle dut protéger ses yeux pour éviter qu'ils ne s'assèchent à nouveau. Le plus proche des trois dragons volait paresseusement, et une fois qu'ils furent à portée, le dragon fila en avant, distançant facilement Copper.

Tu ne mentais pas. Ils sont rapides !

Bien sûr que je ne mentais pas. Les dragons ne mentent jamais.

Mina se pencha en avant alors que Copper battait des ailes plus vite, posant l'arc sur ses genoux. La poitrine de Copper se soulevait au rythme de sa respiration et ses épaules la faisaient rebondir de haut en bas.

Peux-tu les rattraper ? Tu sembles avoir du mal.

Il grogna en réponse et battit des ailes plus fort. Mina eut l'impression que cela prit un moment, mais bientôt ils gagnèrent du terrain sur le dragon. Ce dernier ralentissait occasionnellement, puis accélérait à nouveau, et elle réalisa que la créature jouait avec eux. Cela ne fit qu'attiser sa détermination, et elle prépara son arc.

Les deux autres sont derrière nous, dit Copper. *Tu pourrais peut-être les avoir tous les deux si tu tires assez vite.*

Une cible à la fois.

Prépare-toi. Je vais réduire la distance, mais dès qu'elle comprendra ce que je fais, elle filera.

Je suis prête.

Copper s'élança soudainement, les mettant à portée de tir. Mina visa et tira, prenant rapidement une autre flèche dans le carquois. Le projectile frappa le bord extrême de la cible, la manquant presque.

C'était juste.

Trop juste, répliqua Copper. *Je vais laisser les deux autres me dépasser. Une fois que nous serons derrière eux, tu devras tirer deux flèches aussi vite que possible.*

En même temps ?

Non. Ce serait impossible.

Mina pensait qu'encocher deux flèches l'une après l'autre et toucher les cibles serait impossible, mais elle devait essayer. Copper était trop lent pour égaler la vitesse des dragons d'argent, et s'ils perdaient cette opportunité, elle ne réussirait jamais l'épreuve.

Accroche-toi. Ça va secouer.

Mina serra ses jambes contre le cou de Copper et prit deux flèches dans le carquois. Elle en plaça une sur ses genoux et tint l'autre, puis se prépara. Copper leva ses ailes pour attraper le vent, et sa masse fut brusquement tirée en arrière. Les deux dragons d'argent continuèrent leur route, et Mina leva son arc et décocha la première flèche. Elle frappa la cible sur le bord extérieur du dragon de gauche. Ses doigts tâtonnèrent avec la seconde flèche, et elle faillit la laisser tomber. Elle lutta pour l'encocher, sa frustration s'ajoutant à la difficulté. Elle réussit à mettre la flèche sur la corde et visa, mais la dernière cible était juste hors de portée.

Dépêche-toi ! pressa Copper.

Elle déglutit difficilement et inclina l'arc de quelques centimètres vers le haut avant de laisser partir la flèche. Elle fila dans les airs. Une rafale de vent la dévia de sa trajectoire et elle manqua la cible, frappant le pied en bois qui la soutenait. Le cœur de Mina sombra dans son estomac. Elle avait raté. Les deux dernières semaines avaient été vaines. Elle se mordit la lèvre de colère et tenta d'empêcher ses yeux de se remplir de larmes. Copper descendit lentement, mais elle perdit toute concentration. Le désespoir montra son horrible visage.

Ils atterrirent à l'endroit où l'Enclave attendait. Mina descendit du dos de Copper et marcha pour se tenir devant les anciens. Elle garda un visage aussi stoïque que possible, mais intérieurement, elle hurlait. Elle s'arrêta à quelques pas des membres de l'Enclave et s'agenouilla.

Lève-toi, dit le chef argenté.

Mina se leva et attendit d'entendre la nouvelle dévastatrice.

Tu t'es bien débrouillée. La cible finale s'est avérée être un défi, mais ta flèche l'a touchée.

Vraiment ? Mina savait qu'elle avait touché le pied, mais elle ne pensait pas que cela comptait. Le dragon la fixa du regard, et elle réalisa qu'elle n'avait pas utilisé le titre approprié. *Mes excuses, Tiarna. Je suis confuse.*

Ta tâche était de toucher toutes les cibles. Tu l'as fait. Qu'y a-t-il de confus là-dedans ?

Je... Elle s'éclaircit la gorge. *Je ne pensais pas que toucher le pied de la cible comptait.*

C'est une technicité, mais l'Enclave a accepté de le compter. Prépare-toi pour ton épreuve à l'épée.

Oui, Tiarna.

Mina fit demi-tour et retourna vers Copper, un sourire illuminant son visage.

Tu t'es bien débrouillée, mais deux de ces flèches ont failli manquer leur cible. Garde ton esprit concentré. Si tu baisses ta garde maintenant, tu n'y arriveras pas.

Je suis juste heureuse de ne pas avoir échoué, répondit-elle. *J'étais sûre que cette dernière flèche ne compterait pas comme un coup au but.*

L'Enclave se montre généreuse, mais n'attends pas la même indulgence avec l'épée.

Mina tira son épée du fourreau et fit quelques mouvements d'entraînement.

Comment vont-ils tester ma compétence à l'épée ?

Tu vas affronter un adversaire.

Je dois combattre un dragon ?

Non. Tu vas affronter Areg.

Areg ? Mais il est... elle voulait dire ennuyeux, mais elle se mordit la langue. *Il est si petit.*

Ne confonds pas son étrange façon de parler et sa taille avec un manque d'intelligence. Il y a plus en lui que tu ne le sais.

Que veux-tu dire ?

Je te le dirai après ton épreuve. Tu dois rester concentrée.

La foule de dragons se resserra autour d'eux, formant un grand cercle improvisé. Areg entra dans le cercle, portant une armure de mailles et une épée. Mina s'interrogea sur l'entraînement que Copper lui avait donné. Il l'avait entraînée à utiliser l'arc au sol, pourtant ils l'avaient testée sur le dos d'un dragon. Maintenant, elle allait se battre au sol, mais elle s'était entraînée dans les airs.

Un soupçon de méfiance l'envahit, et elle eut brièvement l'idée qu'il essayait de la saboter. Elle le regarda et repoussa immédiatement cette pensée. Copper aurait pu la tuer bien avant. Et malgré son apprentissage de l'arc à pied, elle avait réussi à atteindre des cibles mouvantes grâce à ses conseils. Non, il n'essayait pas de la saboter.

Comment l'un de nous va-t-il gagner ? demanda-t-elle.

Vous combattrez jusqu'à ce que l'un de vous ait marqué trois touches. Vous ne devez pas chercher à infliger des blessures mortelles, mais un peu de douleur est acceptable. Je vous ferai savoir si le coup compte. Le premier à marquer trois touches est le gagnant. Va prendre ta place.

Mina quitta le côté de Copper et marcha vers l'endroit où se trouvait Areg.

— C'est moi, dit-il.

— J'ai entendu dire que tu as une certaine habileté avec ces choses. Elle secoua la lame.

— Oui.

— Eh bien, ne me ménage pas. Je veux un combat équitable.

Areg lui sourit. — Moi bien me battre.

— Voyons ce que tu sais faire alors.

Il s'inclina devant elle, elle imita le mouvement, puis il se jeta sur elle avec une férocité qu'elle n'avait jamais vue auparavant.

14

Caden se précipita en avant à quatre pattes, saisit le pendentif et se remit debout. Lord D'Lance criait de façon incohérente derrière lui, mais il ignora tout et courut le long de la rue, tournant dans des ruelles et zigzaguant à travers la ville jusqu'à ce qu'il atteigne une grille d'égout au hasard.

Son côté lui faisait terriblement mal, et il prit quelques secondes pour regarder. Quoi que ce soit qui l'ait frappé avait traversé sa cotte de mailles. Le sang imbibait ses vêtements, et à en juger par la quantité de sang qui le suivait, il savait que la blessure était profonde. Il s'agenouilla et poussa la grille sur le côté, serrant les dents contre la douleur. Il avait juste besoin d'atteindre le camp vivant et l'un des draman pourrait apporter le pendentif à leur maître.

Caden descendit dans le tunnel et marcha à l'aveuglette dans l'obscurité, errant dans la direction qu'il supposait mener hors de la ville. Au fil des minutes et tandis que ses forces l'abandonnaient, il s'arrêta et s'appuya contre le mur. Il perdait trop de sang.

Continue d'avancer.

La voix de son maître perça le voile de douleur et de faiblesse, lui redonnant de l'énergie. Il poursuivit sa route, gardant un rythme rapide mais prudent. Un grondement résonna dans le tunnel, et le sol trembla sous ses pieds. Que se passait-il au-dessus de lui ?

Le tunnel tournait vers la gauche, et la lumière du jour devint visible. Caden sortit de l'égout et continua dans les bois, mais sa vision était floue et il peinait à mettre un pied devant l'autre. Il trébucha et tomba ; le sol semblait le faire tourner encore et encore. Il ferma les yeux pour atténuer le vertige et la chose suivante dont il eut conscience, c'est qu'il était sur le dos d'un dragon, volant dans le ciel au-dessus des Longs Sables.

Caden regarda autour de lui, confus quant à la façon dont il était arrivé là. Était-il mort ? Ou sinon, pourquoi chevauchait-il un dragon ? Il tenait également un arc, et il visa et tira une flèche sur un autre dragon. Le projectile frappa quelque chose sur le dos de la créature, mais il ne pouvait pas discerner ce que c'était. Soudain, le décor changea et il tomba du dragon, se précipitant vers le sol.

Juste au moment où il allait heurter le sol, ses yeux s'ouvrirent. Il était allongé sur le dos, regardant la canopée verte des bois. Le visage d'un draman le regardait.

— Tu vis, dit-il. Bien. Le maître serait furieux si tu étais mort.

Caden toucha son côté. La blessure était fermée. Il s'assit pour regarder et vit une longue ligne de cicatrice, mais sinon, il n'y avait aucun signe qu'il avait été blessé. Sa cotte de mailles et son épée avaient été retirées et étaient posées à proximité, mais le pendentif avait disparu.

— Où est la pierre précieuse ?

Le draman poussa l'armure du pied. Caden saisit le bord et la tira, la soulevant. Le pendentif tomba au sol. Il poussa un soupir de soulagement et le ramassa.

— Comment avez-vous fermé ma blessure ?

— Ce n'était pas nous. C'était notre maître.

Merci, dit Caden, poussant mentalement les mots à travers la connexion qu'il ressentait avec le dragon. Elle ne répondit pas, mais il pouvait sentir que sa présence était toujours avec lui. Il se leva et jeta un coup d'œil autour du camp. Bast et les autres n'étaient pas encore revenus.

— Des nouvelles des messagers ? demanda-t-il.

— Non, monsieur. C'est resté silencieux.

Cela ne plaisait pas à Caden, surtout compte tenu de la façon dont les événements s'étaient déroulés avant qu'il ne s'échappe de la ville.

— Si nous n'avons pas de rapport bientôt, envoyez quelqu'un pour enquêter.

— À vos ordres.

Caden remit sa cotte de mailles et récupéra le fourreau de son épée, l'attachant autour de sa taille. Il erra autour du camp, tuant le temps. Il ne voulait pas partir pendant que Bast était absent, mais s'il ne revenait pas bientôt, Caden n'aurait pas le choix. Son maître voulait être libéré de sa prison, et la pierre précieuse en sa possession était vitale pour atteindre cette liberté.

L'odeur de fumée atteignit ses narines, et il regarda en direction de Velbridge. Les bois étaient trop denses pour qu'il puisse voir quoi que ce soit, mais il était certain que l'odeur ne provenait pas des feux de camp.

— Monsieur ! l'un des draman l'interpella. Ils sont revenus !

Caden traversa le camp en courant. Bast et une vingtaine d'autres marchaient à travers les arbres. Ils étaient couverts de sang et de cendres et semblaient épuisés. Bast croisa le regard de Caden et secoua légèrement la tête.

— Parlons en privé, dit le draman.

Caden marcha avec lui jusqu'à ce qu'ils soient loin des autres, et même là, Bast garda sa voix basse.

— Nous avons subi de lourdes pertes. Lord D'Lance a sorti l'un de ses dragons et tout est parti en vrille à partir de là.

— Combien sont sortis de la ville ? demanda Caden.

— Je ne suis pas sûr. Ceux qui sont revenus avec moi sont les seuls que je peux confirmer.

Caden fit de son mieux pour ne pas laisser son expression révéler l'alarme qu'il ressentait. Sur quatre cents hommes, seule une poignée était revenue au camp.

— Où est le dragon maintenant ? Avez-vous été suivis ?

— Je pense qu'il en a perdu le contrôle. Il a commencé à brûler la ville. C'est à ce moment-là que nous avons fui. Je doute qu'il se soit suffisamment soucié de nous pour nous poursuivre. Son attention était détournée vers une nouvelle crise.

— Espérons que personne n'a été tué. Les gens n'ont aucune idée du genre de monstre qui les gouverne. Le fait qu'il ait perdu le contrôle du dragon est une surprise, peut-être une bonne.

— Pourquoi ça ?

— Cela montre que les créatures luttent contre sa magie. S'ils peuvent se libérer de son contrôle, nous pourrions utiliser cela à notre avantage.

— Notre maître va être contrarié quand elle apprendra que nos forces sont dispersées et peut-être mortes.

— Peut-être que ceci aidera. Caden leva le pendentif.

Les yeux de Bast se plissèrent. — Est-ce la pierre qu'elle cherche ?

— Oui.

— Comment l'as-tu obtenue ?

Caden se frotta le menton, offrant un léger sourire. — Je suis allé dans la ville. Lord D'Lance était là, et j'ai eu l'opportunité de la prendre, alors je l'ai fait.

— Cela ne plaira pas au maître que tu aies désobéi à ses ordres.

— Elle le sait peut-être déjà. De toute façon, je devais me racheter à ses yeux. Elle m'avait confié une tâche, et je devais la mener à bien.

— J'admire ta détermination, mais tu aurais pu être tué.

— J'ai failli l'être, dit Caden. J'ai reçu une profonde entaille sur le côté, mais notre maître l'a guérie. Tiens, tu devrais lui apporter la gemme. Je vais rester ici et travailler à rassembler nos hommes... s'ils sont toujours en vie là-bas.

— Non. Elle s'attendra à ce que tu le lui remettes. Tu devrais le lui apporter maintenant. Lord D'Lance nous cherchera, nous tous, et plus tu seras loin d'ici, mieux ce sera.

Caden regarda les autres draman à travers le camp. Il se sentirait coupable de les laisser ici, blessés et seuls.

— Nous nous débrouillions bien avant ton arrivée, et nous nous en sortirons sans toi, dit Bast comme s'il lisait dans ses pensées. Va-t'en.

— Très bien. Avec un peu de chance, je reviendrai avec notre maître.

— Ce sera un honneur de la voir en chair et en os.

Caden posa une main sur l'épaule de Bast et hocha la tête, puis se dirigea vers l'endroit où il dormait et rassembla quelques rations de nourriture dans une sacoche en cuir. Il lui faudrait quelques heures pour atteindre la montagne, et il ressentait déjà les affres de la faim. Il jeta le sac sur son épaule et se dirigea vers l'est, le pendentif fermement serré dans sa main.

Lord D'Lance allait payer cher pour sa tyrannie et ses massacres.

Mina recula en chancelant sous la férocité de l'attaque d'Areg, manquant presque de trébucher dans sa hâte. La petite taille de l'elfe et sa nature discrète l'avaient trompée, mais maintenant qu'elle savait qu'il était un guerrier entraîné, elle ne baisserait plus sa garde. Mina leva son épée pour parer ses coups, et leurs lames s'entrechoquèrent bruyamment. L'acier vibra dans sa main, envoyant une étrange sensation le long de son bras.

Je ne me suis pas entraînée à combattre un adversaire aussi habile !

Tu ne seras pas toujours préparée à ce que tu rencontreras dans le monde, répondit Copper.

Il avait toujours une réponse à tout ce dont elle se plaignait, mais ce n'était jamais une solution à son problème. Elle essaya de se rappeler ce qu'elle avait entendu le capitaine Eduard enseigner lorsque Lord Klodian visitait le terrain d'entraînement des Runesman, mais elle ne se souvenait que de peu de choses. À l'époque, cela ne lui avait pas semblé être une information dont elle aurait besoin.

Elle était tellement absorbée par ses pensées qu'elle ne remarqua pas qu'Areg la poussait lentement dans un coin jusqu'à ce qu'il soit presque trop tard. La foule de dragons observait attentivement, jugeant silencieusement ses progrès. Areg la surpassait, mais cela ne signifiait pas qu'il était invincible. Mina planta ses talons dans le sable, saisit la poignée de sa lame à deux mains et dirigea la pointe droit vers la poitrine d'Areg.

L'elfe tournoya sur le côté, repoussant son épée vers le haut au passage. Elle n'en revenait pas de la grâce de ses mouvements. Ils étaient en plein combat, mais il était si agile qu'il semblait danser plus qu'autre chose. Ses pieds effleuraient le sable, laissant à peine une empreinte. Comment était-ce possible ?

Ses pensées volèrent en éclats lorsqu'une douleur cuisante explosa le long de son poignet. Areg avait frappé le plat de sa lame contre sa chair, et il était déjà loin quand elle essaya de le poignarder.

C'est un point pour Areg.

Mina se frotta le poignet pour apaiser la douleur et observa l'elfe avec méfiance. Il avait mis de la distance entre eux, et elle profita de ce bref répit pour évaluer son manque de stratégie. Elle ne doutait pas qu'elle ne pouvait pas battre Areg, ce qui signifiait qu'elle échouerait au test. Était-ce la façon de l'Enclave de lui dire qu'elle n'était pas apte à être une cavalière ?

Concentre-toi, gronda la voix de Copper.

Désolée.

Elle secoua la tête comme si cela allait chasser les pensées de son esprit et roula des épaules. Areg la fixait, attendant.

Je ferai de mon mieux, se dit-elle.

Mina se précipita vers Areg et balança son épée dans un mouvement de haut en bas. Elle supposait qu'elle devait avoir l'air maladroite aux yeux de tous ceux qui regardaient. Ses mouvements n'étaient en rien aussi gracieux que ceux d'Areg. Une fois de plus, il l'évita facilement. Alors qu'elle passait devant lui, incapable d'arrêter son élan, il lui adressa un sourire et frappa l'arrière de ses genoux avec son épée.

Ses jambes fléchirent et cédèrent, l'envoyant s'étaler face contre terre dans le sable. Elle avala une bouchée de grains granuleux et cracha à plusieurs reprises en luttant pour se remettre sur pied. Si ce combat s'était déroulé devant des humains, il y aurait eu des acclamations bruyantes et des gens pour se moquer d'elle. Au lieu de cela, il n'y avait que le silence tandis que les dragons observaient impassiblement.

J'échoue lamentablement, se plaignit-elle.

Continue. La marée peut toujours tourner.

Mina s'essuya la bouche du revers de la main, époussetant le sable. Le sol trembla sous elle comme plus tôt, et elle regarda autour d'elle. Les dragons s'entreregardaient, et l'odeur de vanille était écrasante. Elle aurait aimé que leurs pensées soient accessibles à son esprit, car elle ne pouvait que s'interroger sur ce qu'ils se disaient. Elle se retourna vers Areg, et il hocha la tête dans sa direction.

— Bats-toi, dit-il.

— C'est ce que je fais.

Il fondit sur elle comme un éclair, rapide et terrifiant. Elle leva à peine son épée à temps pour parer son coup, et la force arracha la poignée de sa main. L'épée atterrit dans le sable, et elle se jeta au sol pour la récupérer.

Areg était immédiatement à côté d'elle, son petit pied lui assénant un coup dans les côtes. Malgré sa taille, le coup était puissant et l'envoya rouler sur le dos.

Mina pouvait sentir le sol trembler encore, mais maintenant c'était une vibration constante. Elle ignora l'annonce des points par Copper alors qu'Areg posait son pied sur sa poitrine, se préparant à porter son coup final. Elle roula loin de lui, s'accrochant à la cheville de son autre jambe. Areg grogna en tombant sur le dos, momentanément étourdi. Elle se précipita à quatre pattes vers sa lame et l'arracha du sable, puis frappa la jambe d'Areg avant qu'il ne se rétablisse.

Deux à un en faveur d'Areg.

Au moins je l'ai enfin touché, mais il ne lui manque qu'un point. C'est impossible pour moi de gagner.

Continue, répéta Copper.

Mina se leva, la poitrine haletante. La sueur coulait le long de ses bras et de ses jambes, et le sable collait à sa peau. Ce type de combat était plus difficile qu'elle ne le pensait. Areg rôdait autour d'elle comme un prédateur, et elle tournait avec lui, gardant ses yeux rivés sur les siens. Copper avait raison, il y avait *plus* en lui qu'elle ne le savait.

Comme s'ils lisaient dans les pensées l'un de l'autre, ils se jetèrent l'un sur l'autre en même temps. Leurs lames s'entrechoquèrent alors qu'ils combattaient à proximité, et pendant un bref instant, Mina pensa qu'elle pourrait tenir tête à Areg.

L'elfe tomba à genoux et pointa son épée vers le haut, la frappant au ventre avec la pointe. Son armure empêcha l'épée de la transpercer, mais la douleur irradiait encore dans son abdomen à cause du coup. Mina serra la mâchoire contre la douleur et recula en trébuchant.

Trois à un en faveur d'Areg, dit Copper.

J'ai perdu, gémit mentalement Mina.

Oui, mais tu t'es bien battue. Areg est un guerrier habile, et tu as tenu plus longtemps que je ne l'espérais.

Mina trouvait cela difficile à croire, mais cela atténua la douleur de sa défaite jusqu'à ce qu'elle réalise qu'elle avait échoué au test. L'Enclave refuserait sa demande de retarder la guerre, et l'humanité brûlerait sous leur colère.

Tu t'es bien battue, la voix du dragon argenté pénétra dans son esprit.

J'ai perdu. Comment est-ce bien se battre ?

Ton peu d'entraînement a prouvé que tu as ce qu'il faut pour être une guerrière. Tu n'aurais jamais pu vaincre Areg, même si tu t'étais entraînée pendant des années plutôt que des semaines.

Alors pourquoi m'avez-vous opposée à lui ?

Nous avons nos raisons, répondit vaguement le dragon.

Puisque j'ai échoué, allez-vous entrer en guerre ?

Tu as peut-être perdu, mais tu n'as pas échoué. Nous n'entrerons pas en guerre contre les humains.

Mina n'avait jamais ressenti un tel soulagement de toute sa vie.

Merci de m'avoir fait confiance. Je ferai tout ce qu'il faut pour arrêter Lord D'Lance.

Bien. Tu dois le tuer, sinon il ne s'arrêtera jamais.

Je ferai ce qui doit être fait, dit Mina. Elle n'avait pas accepté de le tuer, mais si c'était ce qu'il fallait faire le moment venu, alors elle le ferait. Elle rangea sa lame et s'agenouilla, étreignant Areg.

— Où as-tu appris à te battre comme ça ? demanda-t-elle.

— Longue histoire.

Avant qu'elle ne puisse dire quoi que ce soit, un rugissement surnaturel lui fit mal aux oreilles. Elle plaqua ses mains sur ses oreilles et tourna brusquement son regard vers Copper.

Qu'est-ce que c'était ?

Un des éclaireurs, répondit-il. *Nous sommes attaqués.*

Par qui ?

Des vers des sables.

16

Caden trouva l'ascension de la montagne moins ardue que la première fois, mais cela restait néanmoins une tâche épuisante. Le ciel était dégagé, d'un bleu éclatant, et le soleil tapait directement sur lui. La sueur semblait suinter de tous ses pores, mais contrairement à son premier voyage, il s'arrêtait périodiquement pour se reposer et manger les provisions qu'il avait apportées.

Lorsqu'il atteignit la crête où se trouvait l'entrée du temple abandonné, il eut un sentiment de malaise. Maintenant qu'il savait que la voix qui l'avait appelé appartenait à un dragon, il avait des doutes sur beaucoup de choses. Néanmoins, il se rappela qu'elle l'avait ramené d'entre les morts, l'avait guéri et lui avait confié le commandement de son armée de draman.

Caden inspira profondément pour calmer ses nerfs et entra dans la grotte. L'obscurité était épaisse, mais il se souvenait qu'il devait y avoir de la lumière plus loin. Quand il rencontra la mousse luisante, il sut qu'il approchait du but. Ses pas étaient assurés, malgré les battements effrénés de son cœur. Le tunnel le conduisit dans le temple abandonné, et les yeux brillants de sa maîtresse le fixèrent depuis l'ombre. Il déglutit péniblement et s'approcha d'elle autant qu'il l'osait.

Caden, mon fidèle serviteur. Je sens quelque chose de différent chez toi.

— Je ne suis pas sûr de comprendre ce que tu veux dire, répondit-il.

Il y a quelque chose qui m'empêche d'accéder à tes pensées. Tu ne m'as pas trahie, n'est-ce pas ?

— Non, bien sûr que non. Je te dois la vie. Je ne pourrais jamais renier mon serment.

Bien, siffla-t-elle. *Pourquoi es-tu venu ici ?*

Caden sortit le pendentif de sa sacoche et le leva pour qu'elle puisse le voir. Le dragon gronda, bas et menaçant.

Voilà pourquoi tu me sembles distant. Cette pierre maudite est le fléau de mon existence. Tu dois la détruire pour moi.

— Avec plaisir, dit Caden.

Il laissa tomber le pendentif au sol et dégaina son épée, puis frappa de toutes ses forces la partie qui contenait la pierre. Il inspecta son œuvre, mais la pierre n'était même pas égratignée.

Ton enthousiasme est louable, mais les armes ordinaires ne peuvent pas détruire la pierre.

— Alors comment faire ?

Tu dois l'emporter là où elle a été créée et utiliser des mots de pouvoir pour défaire sa magie.

— Je ne suis pas un sorcier, je ne connais donc pas les mots à utiliser. Devrais-je en chercher un ?

Non. Je vais t'enseigner les mots nécessaires. Ils n'ont pas besoin de venir d'un sorcier, ils doivent seulement être prononcés.

— Où dois-je emmener la pierre ?

Au sommet de la montagne. Lord D'Lance y a forgé sa magie noire et m'a piégée, m'emprisonnant et volant mes œufs. Tu iras là-bas et tu prononceras les mots que je t'enseignerai. Quand la gemme sera brisée, je serai libre.

Caden remit le pendentif dans sa sacoche et rengaina son épée. L'air était raréfié à cette altitude, et il se demanda s'il aurait la force de monter plus haut. Il essaierait quand même, car il lui avait donné sa parole.

Le vent est fort là-haut, alors fais attention où tu mets les pieds. Si tu tombes, tu périras.

— Je serai prudent. Si je meurs avant de te libérer, j'aurai failli à mes devoirs.

Bien. Souviens-toi de ces mots : Cealaigh an draíocht seo agus oscail an méid atá curtha faoi ghlas. Quand tu atteindras le sommet, prononce-les et cela défaira la magie noire qui me retient ici. Répète-les.

Caden trébucha sur les mots quelques fois, mais à la sixième tentative, il les prononça parfaitement.

Maintenant va. Je veux être libre de cet endroit avant le coucher du soleil.

Il s'inclina légèrement et partit, retournant sur la corniche. Son regard parcourut la partie supérieure de la montagne. Des rochers surgissaient partout, énormes et dentelés, et le sommet semblait si loin.

— Je peux le faire, marmonna-t-il pour lui-même.

Il commença à grimper, choisissant soigneusement son itinéraire. Plus il montait, plus le vent soufflait fort. La température chutait également, et le soleil ne parvenait guère à le réchauffer. Caden progressait bien avant de trébucher. Une petite pierre plate bougea sous son poids et le fit basculer en arrière. Ses bras tournoyèrent en cercles tandis qu'il tombait, mais il n'y avait rien à quoi se raccrocher, et il dégringola sur six mètres avant de s'arrêter brutalement, coincé entre deux rochers.

Son esprit n'avait pas pleinement compris ce qui s'était passé, et il resta là immobile pendant un long moment. La douleur lui transperçait la poitrine à chaque respiration, et il savait que quelque chose était cassé, probablement quelques côtes. Il essaya de communiquer avec sa maîtresse, mais il se rappela alors ce qu'elle avait dit à propos de la pierre bloquant ses pensées.

Caden refusait de mourir, du moins pas ici, et il se força à se relever. Son côté droit était la source de sa douleur, et il pressa doucement une main sur sa cage thoracique. Il inspira brusquement et utilisa son autre main pour se stabiliser alors qu'il se sentait étourdi. Une fois la faiblesse passée, il poursuivit son ascension.

Il lui fallut beaucoup de temps pour atteindre l'endroit où il était tombé, et encore plus pour trouver un chemin sûr devant lui. La montagne était un véritable piège mortel, et il maudissait Lord D'Lance dans ses pensées à chaque contretemps. L'homme avait bien fait en sorte que personne ne soit assez fou pour chercher l'endroit où il avait créé son sortilège. Peut-être que Caden était fou, ou simplement téméraire, mais il se força à continuer l'ascension.

Le sommet n'était plus qu'à une centaine de mètres maintenant. Il n'était pas sûr si c'était le manque d'oxygène ou son imagination, mais il croyait voir quelque chose briller. C'était une teinte translucide bleu pâle, et quelle que soit cette chose, elle projetait sa lumière sur tout le sommet de la montagne.

— Je perds la tête, dit Caden, ne sachant pas vraiment pourquoi il se parlait à lui-même. Il rit à cette pensée, ce qui provoqua une douleur atroce dans ses côtes, mais la douleur lui apporta un semblant de clarté. Il y était presque, et bien qu'il ne perdait pas vraiment la raison, il était affecté par la raréfaction de l'air.

Les mouvements de Caden devinrent lents, et sa vision se brouilla. Il secoua son côté, et la douleur lui fit retrouver sa concentration, mais seulement pour un court instant. Finalement, même cela ne l'aida plus à garder ses esprits. À un moment donné, il fut surpris de réaliser qu'il était assis sur un rocher et qu'il n'avait pas du tout marché.

Sa sacoche était par terre à ses pieds, ouverte. Les rations avaient disparu, et sa gourde était vide. Quand les avait-il consommées ? Son esprit était embrumé. Il aperçut le pendentif sur le sol et le ramassa, se levant sur des jambes chancelantes. Il y avait une raison pour laquelle il avait cet objet, une raison pour laquelle il était monté jusqu'ici. Quelle était-elle ?

Puis il s'en souvint, bien que le souvenir fût flou. Il devait l'apporter au sommet de la montagne... pour une raison ou une autre. Il continua à gravir la pente raide, atteignant finalement la base du plateau d'où provenait la lumière brillante. Caden gravit péniblement les derniers mètres et découvrit une étendue d'eau. Elle bouillonnait, des volutes de vapeur s'élevant de sa surface.

C'était une source chaude. L'eau semblait chaude et invitante. Il était arrivé jusqu'ici, alors il méritait bien une pause, non ? Il essaya de s'approcher, mais la lumière bleu pâle s'avéra être une barrière magique, l'empêchant d'aller plus loin.

Que devait-il faire maintenant ?

17

La horde de dragons autour de Mina et Areg prit son envol, créant une mini tempête de sable dans leur sillage. Mina enfouit son visage dans le creux de son bras et attendit de pouvoir voir à nouveau, puis courut vers Copper.

Tu as dit que les vers des sables n'étaient pas assez intelligents pour s'unir.

Ils ne le sont pas.

Alors pourquoi attaquent-ils ?

Je n'en suis pas sûr, mais je soupçonne que cela a quelque chose à voir avec Lord D'Lance. Monte sur mon dos. Ce n'est pas sûr d'être au sol.

Elle grimpa sur son dos et regarda Areg.

Sera-t-il en sécurité sous terre ?

Oui, mais je doute qu'il y aille volontairement.

Mina lui fit signe. — Viens !

L'elfe se précipita vers eux et grimpa facilement sur Copper pour s'asseoir derrière elle. Il enroula ses petits bras autour d'elle et s'accrocha fermement. Copper s'élança dans les airs et monta haut au-dessus du sol. Mina scruta le paysage et repéra les vers des sables qui approchaient. Le sol se soulevait alors qu'ils creusaient à travers le sable, se dirigeant vers la grotte des dragons.

Il y en a tellement.

Quelque chose les a amenés ici, répondit Copper. *Il n'y a rien de naturel à cela.*

Les autres dragons tournoyaient dans les airs, lançant des rugissements de défi aux vers. Mina était inquiète. Si Lord D'Lance contrôlait ces créatures, que cherchait-il à accomplir ?

Il sait probablement que nous sommes au courant de son stratagème.

Mais comment pourrait-il les contrôler ?

Par magie. Le même genre qu'il utilise pour forcer les liens.

L'un des vers jaillit du sol, s'élevant dans les airs comme un monolithe. Sa chair épaisse ondulait, et Mina grimaça de dégoût. Les dragons l'attaquèrent avec fureur, griffant et mordant son corps exposé. Il poussa un cri de douleur, et deux autres vers surgirent du sable à proximité.

Y a-t-il assez de dragons pour les repousser ?

Oui.

Il y avait quelque chose dans sa façon de répondre qui fit penser à Mina qu'il n'était pas entièrement confiant. Elle pouvait sentir un soupçon de lavande. Copper avait peur.

Comment puis-je aider ? demanda-t-elle.

Tu ne peux pas. Ils sont trop forts pour que tu puisses les blesser. Planter une épée dans l'un d'eux serait inutile, et s'approcher autant te ferait tuer. Nous resterons dans les airs et attendrons qu'ils fuient.

Alors que de plus en plus de vers continuaient à percer le sable, Mina craignait que Copper ne se trompe sur la force du nombre des dragons. Ils n'en avaient pas encore tué un seul, et aucun des vers n'essayait d'échapper à la fureur des dents et des griffes.

Comment Lord D'Lance peut-il les contrôler de si loin ?

Copper réfléchit. *Il est peut-être quelque part par ici, bien que j'en doute.*

L'un des vers commença à bêler, mais cela ne semblait pas être un cri de douleur. Mina l'observa, se demandant ce qu'il faisait. Les autres vers se joignirent à lui, produisant un chœur de grondements profonds.

Quelque chose arrive.

Plus de vers ?

Copper ne répondit pas, mais un moment plus tard, le sol explosa alors qu'un ver deux fois plus grand que les autres jaillissait. Des épines noires parcouraient son corps, et sa gueule était pleine de dents acérées comme des rasoirs. Il rugit comme un dragon, son visage sans yeux oscillant d'avant en arrière comme s'il cherchait un ennemi à combattre.

— Roi des vers ! cria Areg derrière elle.

— Qu'est-ce que c'est ?

C'est un problème, répondit Copper. *Ils sont plus difficiles à tuer que les autres. Le cœur est son seul point faible, et il est encastré dans une épaisse couche d'os et de muscles, trop profond pour être atteint par les griffes d'un dragon.*

Alors comment frapper son cœur ?

Cela doit être fait de l'intérieur.

Tu ne veux pas dire...

Si, confirma Copper. *Celui qui veut le tuer doit se faire avaler.*

C'est une mort certaine !

Pour certains, oui. Mais il y en a quelques rares qui ont survécu pour raconter l'histoire.

Tu l'as fait ?

Copper ricana. *Non, mais Areg l'a fait.*

Mina se tordit maladroitement pour regarder l'elfe.

— Tu en as tué un de ceux-là ?

Il sourit. — Moi tuer deux.

Deux. Areg avait tué deux rois des vers. C'était un expert en maniement d'épée et un archer phénoménal. Elle ne pouvait s'empêcher de se demander qui était vraiment ce petit elfe.

— Approcher, dit-il, les yeux brillants. Il tapota le pommeau de son épée.

Je vais voler au-dessus du ver pour qu'Areg puisse s'occuper de la bête.

Mina glissa ses doigts sous les écailles de Copper et les agrippa fermement. Copper se tourna en direction du roi des vers et fila droit vers lui. Une armée de dragons avait assailli la créature, et Mina eut un hoquet d'horreur en voyant les épines sur le corps du ver se détacher, empalant plusieurs dragons. Leurs corps brisés tombèrent du ciel.

Reste baissée, conseilla Copper.

Mina se pencha en avant, s'allongeant presque sur son cou. Le ver rugit alors qu'ils le survolaient, et malgré leur altitude, Mina pouvait sentir la chaleur de son souffle sur sa peau. Areg la lâcha et elle le vit sauter du dos de Copper du coin de l'œil. Elle grimaça en voyant l'elfe disparaître dans la gueule du ver.

J'espère qu'il survivra.

Il faudra plus qu'un ver des sables pour le tuer.

Copper continua, tournoyant et montant plus haut dans le ciel. Mina regardait d'un ver à l'autre. Les dragons avaient l'avantage du nombre, mais ils étaient plus petits que les vers massifs.

Tu as dit que tu me parlerais d'Areg après mes épreuves. Qui est-il ? Comment est-il si doué avec les armes ?

Areg est un elfe, et ils ont un don naturel pour l'agilité et la vitesse, mais ce n'est pas ce qui le rend différent. Il était autrefois un chevaucheur, lié à un dragon comme toi.

Cela prit Mina par surprise. Elle avait du mal à assimiler cette information.

Tu as dit qu'il était un chevaucheur. Il ne l'est plus maintenant ?

Non. Malheureusement, sa compagne est décédée il y a de nombreuses années. Il est resté avec nous depuis, consacrant sa vie à nous aider du mieux qu'il peut.

Pourquoi parle-t-il de façon si étrange ?

Areg a participé à la bataille contre Maël, et il a été frappé par un sort qui a endommagé son esprit. Il parle ainsi depuis, mais à part cela, il est resté le même qu'autrefois. Je n'ai jamais connu d'elfe plus courageux qu'Areg.

Ça explique beaucoup de choses, dit Mina. *Quand tu as dit que j'étais la première dragonnière depuis mille ans, je pensais que cela signifiait qu'il n'y avait plus aucun autre dragonnier en vie.*

Areg est le seul.

Mina ne comprenait pas pourquoi l'elfe avait choisi de vivre avec les dragons plutôt qu'avec son propre peuple, mais elle supposait qu'il avait ses raisons. Son attention se reporta sur les wyrms et la bataille qui faisait rage. La situation semblait désespérée. D'autres dragons étaient tombés, et aucun wyrm n'était mort. Elle vit le dragon d'argent qui dirigeait l'Enclave mener un groupe vers le roi des wyrms.

On dirait qu'elle a un plan.

Copper tourna brusquement la tête et Mina le sentit se crisper.

Elle va se faire tuer. Je dois l'arrêter.

Je vais où tu vas, répondit Mina.

Elle pouvait sentir son hésitation à travers l'écaille. C'était une nouvelle expérience.

Vas-y, l'encouragea-t-elle. *Nous devons la protéger.*

Copper plongea vers le roi des wyrms en rugissant de façon tonitruante. Mina était à la fois effrayée et excitée, et elle s'accrochait à Copper aussi fermement que possible. Le roi des wyrms libéra de nouvelles épines, et l'une d'elles vola directement vers Copper. Il fit un écart brusque pour l'éviter, et les yeux de Mina s'écarquillèrent lorsque ses écailles glissèrent entre ses mains moites.

Elle tomba de son dos et bascula dans les airs.

18

Caden fixait la barrière bleue scintillante et réfléchissait à ses options. La raison pour laquelle il avait apporté la pierre ici lui échappait toujours, donc ce n'était probablement pas très important. Était-ce quelque chose qu'il voulait faire, ou quelqu'un d'autre ? La réponse flottait à la limite de son esprit, mais elle était obscurcie par l'incertitude.

Il regarda en arrière le chemin qu'il avait parcouru et envisagea de redescendre, mais il ne trouvait pas non plus de raison de le faire. C'était comme s'il était dans une bataille de tir à la corde, les deux pensées opposées se disputant le contrôle de son esprit, et la pression le fatiguait. Caden ne voulait rien de plus que se reposer, mais une force étrange ne le laissait pas faire.

— S'il vous plaît, supplia-t-il. Je ne peux pas le faire.

La force s'intensifia, et il tomba à genoux, la douleur dans ses côtes le faisant crier d'agonie. Les deux forces continuèrent à s'affronter dans son esprit, et l'une prit le contrôle.

Touche la pierre précieuse à la barrière.

La voix était familière. C'était... sa maîtresse ? Oui, cela semblait juste. Il leva la main et pressa le pendentif contre la barrière. Au début, la lumière bleue s'intensifia, l'aveuglant. Un bruit de grésillement emplit ses oreilles, et la barrière cligna avant de disparaître. Une chaleur l'envahit, chassant le froid de ses os. Il rampa en avant et atteignit la piscine bouillonnante. L'eau puait l'œuf pourri, le faisant avoir un haut-le-cœur.

Entre dans l'eau. C'est la source de la magie.

Il ne voulait pas, mais il lui obéirait quand même. Se levant, il entra avec hésitation dans la piscine. L'eau était bleue, d'une teinte bien différente de la barrière. Sa couleur était trompeuse, cependant, étant donné son odeur. La température était chaude, inconfortablement chaude, mais il continua sous l'insistance de sa maîtresse.

Va au centre. Ce sera l'endroit le plus profond.

L'eau devint trop profonde pour qu'il puisse toucher le fond, le forçant à nager. Il atteignit le milieu et fit du sur-place pour garder sa tête hors de l'eau.

Maintenant, prononce les mots que je t'ai dits.

Caden essaya de s'en souvenir, mais le brouillard dans son esprit ne s'était pas encore complètement dissipé. Ses muscles lui faisaient mal, et ses côtes le brûlaient férocement. C'était tout ce qu'il pouvait faire pour ne pas couler, et quand il passa sous l'eau, il coula comme un sac de pierres. L'eau envahit sa bouche et il paniqua. Ses pieds touchèrent quelque chose de solide, et il s'en servit pour se propulser, éclaboussant la surface de l'eau. Il toussa et crachouilla, luttant pour rester à flot.

Dis les mots !

Il essayait de ne pas se noyer, et sa maîtresse voulait qu'il prononce des mots magiques dont il se souvenait à peine. La peur l'envahit. Il allait échouer. Il allait *mourir*. Malgré son expérience proche de la mort dans les plaines, Caden avait encore peur de l'inconnu.

Dis-les !

Caden passa de nouveau sous l'eau, mais cette fois il était préparé. Il retint sa respiration et toucha le fond, se propulsant à nouveau au-dessus de la surface de la piscine. Les mots lui vinrent alors, et il les cria aussi fort qu'il le pouvait.

— Cealaigh an draíocht seo agus oscail an méid atá curtha faoi ghlas !

Il coula sous l'eau, et le pendentif dans sa main frissonna. La pierre précieuse se brisa, et une force invisible s'en échappa, envoyant des ondulations à travers l'eau. Les fragments de la pierre se détachèrent du pendentif et dérivèrent vers le fond de la piscine. Avant qu'il ne puisse essayer de sortir de l'eau, elle se mit à tourbillonner en un mouvement circulaire, devenant rapidement un maelström.

Le courant emporta Caden, le faisant tournoyer encore et encore. Il essaya de s'agripper au bord de la piscine, mais ses mains glissaient sur la surface lisse. Le maelström tourna plus vite et soudain jaillit dans les airs. Caden fut poussé sur le côté, et il heurta le sol avec un grognement et resta allongé sur le dos, regardant le geyser d'eau s'élever dans le ciel, une douleur lui transperçant la poitrine.

Lorsqu'elle redescendit, elle s'étendit et atterrit partout sauf dans la piscine, disparaissant dans le sol ou roulant sur les flancs de la montagne. Caden n'arrivait pas à croire qu'il avait réussi. Toute la situation semblait irréelle, plus comme un rêve qu'autre chose.

Mes chaînes sont libres !

La voix de sa maîtresse était pleine d'émotion, un mélange d'excitation et de soulagement teinté de colère. Le sol sous lui trembla, lui rappelant son séjour dans les égouts sous Velbridge. La douleur dans ses côtes s'atténua, et une vague de force le revigora. Il s'assit et regarda autour de lui, se demandant d'où venaient les tremblements.

Tu as tenu ton serment et m'as libérée. Je suis très satisfaite de toi, et tu seras ma main droite parmi mes forces. Je mènerai mes frères à la guerre, et tu dirigeras mes draman.

— Je suis honoré ! cria Caden, ses mots faisant écho dans le ciel. Tu m'as sauvé de la mort, et je te servirai pour le reste de mes jours !

Le plaisir de sa maîtresse pulsa en lui, remplissant ses veines de feu. Il pouvait aussi sentir sa rage bouillonnant sous la surface de toutes ses autres émotions, contenue... pour l'instant. Lord D'Lance avait commis une grave erreur en l'emprisonnant dans la montagne.

Les tremblements dans le sol s'intensifièrent, et au loin, un pic s'effondra, déversant des rochers et de la terre sur les pentes en contrebas. Caden se précipita au bord du plateau et regarda en bas. Des avalanches de pierres dévalaient la montagne, oblitérant le chemin qu'il avait emprunté. Il semblait que toute la montagne allait se fendre en deux. Il devait se mettre en sécurité, mais il n'y avait aucun moyen pour lui de descendre sans être écrasé.

Reste où tu es, dit sa maîtresse. *Je vais venir te chercher.*

Loin en dessous, une explosion secoua le sol, et des débris se dispersèrent depuis la crête où se trouvait le temple. Une forme massive aussi sombre que le ciel nocturne émergea, balayant les rochers comme s'ils n'étaient rien de plus que de petits insectes. Elle se retourna et battit des ailes vers lui, et Caden fut submergé par la peur et l'admiration.

Il tomba à genoux en révérence mais garda ses yeux fixés sur sa beauté. Ses écailles étaient noires comme l'ébène, ses ailes facilement deux fois la taille des terres du château de Lord D'Lance. Elle était massive à tous égards. Elle ouvrit la gueule et souffla du feu, d'énormes jets de flammes orange déchirant le ciel. Même de cette distance, il pouvait sentir leur chaleur.

Elle atterrit sur le pic où la piscine d'eau s'était trouvée, et elle laboura le sol de ses griffes, déchirant la roche et la projetant au loin. Quand elle eut fini, il ne pouvait plus dire que quelque chose s'était trouvé là. Elle rugit, le son plus fort que tout ce qu'il avait jamais entendu auparavant. Il plaqua ses mains sur ses oreilles. Le dragon rétrécit son regard sur lui et avança sa tête comme un serpent, ses yeux émeraude brûlant aussi chauds que ses flammes.

Maintenant, ce monde va brûler.

19

Mina hurla de terreur.

Au-dessus d'elle, Copper zigzaguait, évitant les épines noires. Une centaine de pensées traversèrent son esprit, mais surtout, elle craignait que Copper ne sache pas qu'elle était tombée de son dos. Elle se positionna face au sol et le regretta immédiatement. Voir le paysage désertique se rapprocher à toute vitesse était comme regarder la mort en face.

Avant qu'elle ne puisse se préparer à sa fin imminente, une griffe massive l'agrippa, interrompant sa chute libre. Son corps s'arrêta brusquement, mais elle était en vie. Elle leva les yeux pour voir le grand dragon de laiton de son épreuve.

Merci. Elle poussa ces mots à travers l'écaille, mais le dragon ne répondit pas. Il monta plus haut et Mina vit que les dragons reculaient, se repliant face aux wyrms. Avaient-ils perdu ?

Les dragons n'abandonnent pas si facilement, dit Copper. *Nous nous regroupons.*

Il plongea en dessous d'elle, calquant son allure sur celle du dragon de laiton. Le dragon la lâcha, et elle tomba de quelques mètres sur le dos de Copper.

J'ai cru que j'allais mourir.

Tu as de la chance que Gavar t'ait vue tomber. Il était le seul assez proche pour te rattraper.

Mina observa Gavar alors qu'il volait vers la horde de dragons se rassemblant près de l'un des wyrms. Elle exprima à nouveau sa gratitude à travers l'écaille, mais elle ne savait pas s'il l'avait entendue.

Je suis contente qu'il m'ait aidée. Je ne pense pas avoir suffisamment fait mes preuves encore, et je veux vivre assez longtemps pour le faire.

Si Gavar ne te jugeait pas digne d'être une cavalière, il ne t'aurait pas sauvée.

Le groupe de dragons tournoyait au-dessus du wyrm, restant suffisamment haut pour qu'il ne puisse les atteindre. Cela ne l'empêchait pas d'essayer, et il hurlait de frustration.

Que prévoient-ils ?

Nous avons perdu trop de nos frères pour nous diviser, alors nous allons les attaquer un par un, répondit Copper. *Une fois qu'Areg aura tué le roi des wyrms, les autres devraient fuir, quelle que soit la magie utilisée sur eux.*

J'espère que tu as raison.

Copper rejoignit les autres dragons, et ensemble ils descendirent et commencèrent à cracher du feu sur le wyrm. La chaleur déferla sur Mina, lourde et épaisse comme une couverture lestée, la forçant à se protéger le visage dans le creux de son bras. Juste au moment où elle pensait que cela deviendrait insupportable, Copper s'éloigna et la chaleur diminua.

Ça va ?

La chaleur est intense, mais je vais bien.

Les cris de douleur du wyrm couvraient tout le reste, et Mina frissonna à ce son. Les dragons s'abattirent sur la bête une deuxième fois, leur souffle enflammé brûlant et cloquant la chair du wyrm, et la troisième attaque fit taire ses cris pour toujours.

Mina ne savait pas ce qui était le pire, la chaleur ou la puanteur. Avec le premier wyrm mort, les dragons tournèrent leur attention vers le suivant et commencèrent à l'attaquer de la même manière. Mina était impressionnée par la puissance des dragons.

En travaillant ensemble, ils semblaient être une force imparable. Ce wyrm tomba plus rapidement que le premier, et alors qu'ils volaient vers le troisième, un cri strident provint du roi des wyrms.

Le corps du monstre géant devint mou et s'écrasa sur le sable, envoyant des ondes de choc à travers le désert. Mina n'arrivait pas à croire qu'Areg avait réussi. Si ce qu'Areg lui avait dit était vrai, alors il avait maintenant tué trois rois des wyrms. Cela lui semblait un exploit impossible, quelque chose qu'elle ne pourrait jamais accomplir.

Les autres wyrms commencèrent immédiatement à s'enfouir dans le sable, fuyant la zone. Mina était soulagée de les voir partir. Copper rejoignit le chef de l'Enclave d'argent et ils atterrirent près du corps du roi des wyrms. Mina avait trouvé la créature massive auparavant, mais debout sur le sol à côté d'elle, elle se sentait comme un grain de sable à côté d'une montagne.

Tu es sûr qu'il est mort ? demanda-t-elle.

Comme en réponse, une fente apparut sur le côté de la bête et la chair se déchira. Areg en sortit en titubant, essuyant le sang et les entrailles de son visage et jetant ces horreurs au sol. Les dragons rugirent, un cri de victoire s'élevant vers les cieux.

— C'est moi, dit Areg.

Mina rit. Elle avait l'impression que cela faisait une éternité depuis la dernière fois qu'elle l'avait fait, et cela soulagea son stress. Le chef de l'Enclave d'argent les rejoignit et fixa son regard sur Mina.

Cette attaque contre notre foyer ne peut rester impunie.

Vous aviez dit que vous n'iriez pas en guerre.

Et je tiendrai parole, mais je vais envoyer une petite force de dragons pour harceler Lord D'Lance. Ils voyageront avec toi et ton lié comme protecteurs, mais leur premier devoir est de venger cet affront.

Je croyais que vous vouliez que je le tue ?

L'odeur de citron et de clou de girofle atteignit les narines de Mina.

C'est le cas, mais je doute que Lord D'Lance soit une cible facile. J'espère que lorsque mes frères attaqueront son château, il se mettra à découvert où tu pourras frapper. Et si tu meurs, alors nous aurons notre guerre.

Je comprends, Tiarna.

Mina espérait désespérément pouvoir faire le nécessaire pour éviter une guerre, mais sa confiance était ébranlée. Si Lord D'Lance pouvait contrôler des bêtes aussi grandes et puissantes que les wyrms des sables, de quoi d'autre était-il capable ?

Nous festoierons ce soir, et demain matin, tu délivreras notre colère à cet homme misérable.

Oui, Tiarna.

-

Quand Mina trébucha fatiguée dans sa chambre pour dormir un peu, il était tard dans la nuit. Elle retira son armure et se laissa tomber sur son lit. Les sons des dragons célébrant encore leur victoire sur les wyrms des sables résonnaient faiblement contre les murs, mais son épuisement s'assura que ce n'était pas un problème, et elle sombra dans l'obscurité du sommeil.

À son réveil, la première chose qu'elle remarqua fut la douleur dans ses muscles. Un gémissement s'échappa de ses lèvres alors qu'elle s'asseyait et regardait autour d'elle. Son armure était à nouveau sur le mannequin, et elle soupçonnait que c'était Areg qui l'y avait placée.

Je me demandais si tu allais dormir toute la journée, dit Copper.

Quelle heure est-il ?

C'est le matin, mais le soleil est levé depuis quelques heures maintenant.

Mina leva les yeux au ciel et sortit du lit. Elle avait tellement mangé la veille qu'elle n'avait pas faim pour le petit-déjeuner. Elle enfila son armure et mit ses bottes, puis se dirigea vers la chambre de Copper. Malgré l'étrangeté de vivre avec des dragons dans une grotte souterraine ces dernières semaines, elle allait regretter cet endroit.

Je peux garder l'armure et l'épée, n'est-ce pas ?

Oui, c'est un cadeau de l'Enclave.

Je suppose que je suis prêt à partir si tu l'es.

Il y a encore une chose que je dois te donner.

Qu'est-ce que c'est ?

Tu m'as demandé mon nom, et je t'ai dit que je te le donnerais quand tu aurais gagné ma confiance.

Mina retint son souffle. Le silence sembla s'étirer à l'infini jusqu'à ce qu'il parle enfin.

Mon nom est Gedrith.

Je suis honorée que tu m'accordes ta confiance, dit Mina, pleine d'émotion.

Et je suis honoré que nous soyons liés, répondit Copper, maintenant Gedrith.

Ils restèrent silencieux un moment, puis Mina se précipita en avant et entoura sa jambe de ses bras, la serrant fort. Elle qui autrefois ne connaissait que la haine envers les dragons, en appelait maintenant un son ami.

Moi aussi, Gedrith. Moi aussi.

Tous deux allèrent voir l'Enclave pour leur faire leurs adieux, puis ils prirent leur envol, se dirigeant vers le Domaine Dracan. Mina planait au-dessus des nuages, au propre comme au figuré. Elle ne désirait rien de plus que de voir Caden, de lui raconter tout ce qui lui était arrivé depuis son départ. Elle devait juste survivre à sa rencontre avec Lord D'Lance, ce qui ne semblait pas probable.

Tu ne mourras pas de sa main.

Pourquoi en es-tu si sûr ?

Je ne le suis pas. Mais si cela arrive, je le réduirai en cendres par vengeance.

Mina sourit. Avoir un dragon à ses côtés était tout ce dont elle avait besoin. Gedrith avait raison. Elle survivrait.

Et alors, elle serait libre.

Le voyage continue dans...
La Colère du Dragon.

À PROPOS DE L'AUTEUR

Bonjour!

Je suis un auteur fantastique qui adore écrire sur les dragons. J'ai publié plus de 40 livres et j'ai l'intention d'en écrire bien d'autres.

J'espère que vous avez apprécié ce livre et merci de l'avoir lu.

Vous pouvez me suivre sur les réseaux sociaux pour me contacter directement sur https://www.facebook.com/dragonfirepress.